Jean Rouaud

Die Felder der Ehre

SERIE PIPER

Zu diesem Buch

Jean Rouaud erzählt in seinem euphorisch gefeierten Roman auf sehr persönliche Weise wichtige Stationen unseres Jahrhunderts nach, indem er sich an die Geschichte seiner eigenen Familie erinnert. Anlaß zum Öffnen des Familienalbums geben drei Todesfälle, die sich alle im selben Winter ereignen und um die sich die Geschichte zentriert: der Großvater, ständig von einer Wolke dichten Tabakqualms umgeben, der mit seinem 2CV die Gegend unsicher macht; die bigotte Tante Marie, die jeweils den Heiligen des Tages auf ihrer Seite hat; schließlich der Vater des Erzählers, dessen früher Tod die so subtil humorvolle und skurrile Chronik überschattet und ihr unausgesprochene Tragik verleiht. Die zeitlichen Sprünge bis zurück ins Jahr 1916 scheinen nichts anderem zu dienen als dem Aufschub und gleichzeitig der Ankündigung des eigentlich Unsagbaren: dem Grauen des Krieges. Und so findet der sanft fallende ewige Regen auf das Land am Atlantik, der den Roman so heiter rhythmisiert, am Ende seine tragische Analogie in den Giftgasschwaden von Ypern.

Jean Rouaud, geboren 1952 in der Nähe von Nantes. Nach seinem Literaturwissenschaftsstudium arbeitete er u. a. als Zeitungsverkäufer, bis er mit der Veröffentlichung dieses ersten Romans, der mit dem Prix Goncourt ausgezeichnet wurde, über Nacht berühmt wurde. Sein zweiter Roman liegt seit Herbst 1994 unter dem Titel »Hadrians Villa in unserem Garten« ebenfalls im Piper Verlag vor.

Jean Rouaud

Die Felder der Ehre

Roman

Aus dem Französischen von
Carina von Enzenberg und Hartmut Zahn

Piper München Zürich

Unveränderte Taschenbuchausgabe
1. Auflage November 1994
2. Auflage November 1995

Titel der französischen Originalausgabe:
»Les champs d'honneur«

Umschlag: Büro Hamburg
Simone Leitenberger, Susanne Schmitt
Foto Umschlagvorderseite: Gruner + Jahr / Aoi Tsutsumi
Foto Umschlagrückseite: Anne Dion
Gesamtherstellung: Clausen & Bosse, Leck
Printed in Germany ISBN 3-492-22016-9

I

Alles in allem war es das Gesetz der Serie, diese traurige Leier, hinter deren Geheimnis wir plötzlich kamen – ein seit Anbeginn der Zeiten immer aufs neue gelüftetes und wieder verschleiertes Geheimnis, das sich uns nun mit einem Paukenschlag offenbarte und uns dumpf und benommen vor Schmerz zurückließ. Großvater schloß die Serie ab, nach dem Motto »Schreibt euch das hinter die Ohren«. Was für eine Verbissenheit! Als hätten wir die Lektion nicht längst gelernt! Dieser überflüssige Coup wäre sogar fast unbemerkt geblieben und Großvater selbst um ein Haar noch einmal davongekommen. Doch eines Abends ließ ihn mir nichts, dir nichts sein Herz im Stich. Sicher, es lag wohl ein bißchen am Alter, aber man hatte ihm nicht angesehen, daß ihm seine sechsundsiebzig Jahre zu schaffen machten. Vielleicht hatten ihm die jüngsten Ereignisse doch mehr zugesetzt, als es zunächst scheinen wollte. Ein in sich gekehrter alter Mann, abwesend, fast entrückt, dessen Gleichmut, gepaart mit äußerster Verfeinerung des Erscheinungsbildes und des Auftretens, etwas Chinesisches hatte. Und erst sein Gesicht: kleine Schlitzaugen, geknickte Brauen wie Pagodendächer und ein gelblicher Teint, den er wohl weniger einer asiatischen Abstammung (und wenn, dann nur einer sehr entfernten, auf die Willkür von Völkerwanderungen, also auf das Durchschlagen von Erbfaktoren zurückzuführenden) zu verdanken hatte, als vielmehr den allzu vielen Zigaretten einer äußerst seltenen Marke, die man nie jemand anderen als ihn rauchen sah: mandelgrüne Päckchen mit altmodischen Schriftzügen, die er sich, wie er uns einmal auf unsere Frage hin beschied, aus Rußland kommen ließ, obwohl er ein andermal genauso ernsthaft behauptete, sie stammten aus Tampa in der Pampa. Bestimmt wurde nach seinem Tod die Produktion eingestellt. Jedenfalls ließ Großvater ein ganzes Tabakfeld in Rauch aufgehen, denn er steckte sich eine Zigarette am Stummel der vorhergehenden an, mit der Folge, daß, wenn er gerade hinter dem Steuer saß, sein 2 CV unvermittelt bockte wie ein Rodeopferd. Den Zigarettenstummel zwischen Daumen und Zeigefinger der rechten Hand geklemmt, eine frische Zigarette im Mundwinkel, achtete Großvater nicht mehr auf die Straße, sondern hatte nur noch Augen für die rote Glut und stupfte, während er in rascher Folge kurze Züge machte, wiederholt dagegen, bis vom Berührungspunkt eine dünne Rauchfahne aufstieg. Dann legte er den Kopf in den Nacken, vertrieb die dichte Qualmwolke, die ihn schon bald einhüllte und ihm die Sicht nahm, indem er mit der flachen Hand wedelte, drückte mit dem Ellbogen das seitliche Klappfenster hoch, warf die Kippe mit einer heftigen Bewegung hinaus und riß, die Straße noch immer keines Blickes würdigend, aufs Geratewohl das Lenkrad herum, so daß die Fahrgäste durcheinanderpurzelten. Ein durch das hohe Alter abgestumpftes Bewußtsein oder, nach einem langen Leben voller Prüfungen, ein gewisses Gefühl der Unverwundbarkeit? Jedenfalls wagten gegen Ende nicht mehr viele mitzufahren. Die halbwüchsigen Cousins verfielen darauf (zwei- oder dreimal, man sah sich selten), sich ein Tuch oder eine von ihren Vätern geborgte Krawatte um die Stirn zu binden, sich auf den Sitz neben Großvater zu setzen und den Schlachtruf der Kamikaze auszustoßen. Am besten beantwortete man ihre Gesten des Abschieds, indem man Taschentücher schwenkte und ein paar falsche Tränen vergoß. In Wahrheit wußte jeder, daß ihnen dank der Langsamkeit des Vehikels keine große Gefahr drohte, doch das ständige Überfahren des Mittelstreifens, die Eskapaden auf die linke Straßenseite, die lästigen Rinnsteine, an denen der 2 CV mit Schlagseite und ächzender Federung entlangschrammte, die gefährlichen Kreuzungen... Beim Aussteigen war man grün im Gesicht wie nach einer Fahrt mit der Geisterbahn.

Unnütz, sich bei schwierigen Manövern als Lotse anzudienen. Viel richtet man in dieser Rolle ohnehin nicht aus. Man könnte sogar einen Ausdruck des Mißfallens darin erblicken, darüber, daß man nicht selber das Steuer in der Hand hat. Was für lachhafte Gesten, mit denen man im leeren Raum an einem imaginären Lenkrad kurbelt! Bei Großvater war sowieso Hopfen und Malz verloren. Vergeblich warnte man ihn, verringerte den Abstand zwischen beiden Händen immer mehr, um zu zeigen, daß ein Hindernis hinter ihm nur noch wenige Zentimeter entfernt war. Er sah einen nur verdrossen durch den Tabakqualm hindurch an und wartete seelenruhig ab, bis die Stoßstange Meldung erstattete. Kein Wunder, daß die Karosserie überall ramponiert, die Kotflügel zerknautscht, die Türen eingedrückt waren. Dem Auto hatte dies den Spitznamen »Beulchen« eingebracht. Falls Großvater dies jemals erfuhr, ließ er sich jedenfalls seinen Ärger nicht anmerken, und es ist anzunehmen, daß er uns im Geiste ein für allemal abstempelte: kleine Rotznasen oder so ähnlich. Vielleicht hat es ihn aber auch überhaupt nicht geschert.

Wenn es in Strömen regnete, was am Atlantik nichts Absonderliches ist, und der 2 CV, von Böen gebeutelt, gegen den Wind ankeuchte, während überall Wasser eindrang, hatte das Auto etwas von einem vergammelten Küstenschiff, das sich trotz Sturmwarnung auf das wildbewegte Meer hinauswagt. Der Regen trommelte auf das Stoffverdeck, dessen Dürftigkeit man sich voller Beunruhigung bewußt wurde, und in der kleinen Kabine hallte der Donner nach wie ein Ruf aus großen Tiefen. Erst unter einem, dann unter mehreren mikroskopisch kleinen Löchern in der Leinwand bildeten sich linsenförmige Tropfen, die rasch größer wurden, sich in die Länge zogen, erbebten, abrissen und lotrecht auf einen Kopf, einen Arm, ein Knie oder, falls der Platz frei war, in die Kuhle eines Sitzes fielen, bis sich dort aus dem Zusammenfluß vieler Rinnsale eine kleine Lache bildete, die wegzuwischen man nicht vergessen durfte, bevor man sich hinsetzte. Diese Art Wasseruhr wurde schnell zur Qual, denn das regelmäßige Getröpfel war nervenaufreibend, aber es drang obendrein seitlich noch anderes Wasser ein, wahllos und unwillkommen. Der Regen spritzte durch die zur Hälfte abgerissenen Gummidichtungen der Türen – ein Sprühregen, der zwar harmlos wirkte, einen auf die Dauer jedoch ebenso gründlich durchnäßte wie ein Wolkenbruch. Anfänglich versuchte man, dem Unwetter nach Großvaters Vorbild gelassen zu begegnen, als gelte es, die Schranken des Mysteriums zu überwinden und gemeinsam mit ihm zu prüfen, ob »das da draußen« (so drückte er sich manchmal aus, vage und matt) im Grunde nicht eine Folge von Voreingenommenheiten darstellte und der Regen eine fixe Idee, einfach nur eine Widrigkeit, die eitle Erscheinung eines universalen Trugbildes. Auf der höchsten Stufe des Geistes mochte dies der Fall sein, wenn der Körper sich seiner Stofflichkeit entkleidet, um sich in die Lüfte zu schwingen – oder in komfortablen Automobilen zu reisen, lautlos und wasserdicht und mit dem Gefühl, auf einer Wolke zu schweben –, doch der feine Wasserstaub, der sich beim Eindringen mit Rostpartikeln der Türen sättigte und die Sitzpolster mit Mikro-Sommersprossen überzog, zwang einem im Verlauf der Kilometer stur seine eigenen Regeln auf, und so zog man, von den rauhen Gegebenheiten der Wirklichkeit besiegt, nach ein paar Minuten feuchter Yogaübungen ein Taschentuch heraus, um sich das Gesicht abzutrocknen. Während man auf diese Weise leidend die Gesetzmäßigkeit ebenso unbedeutender wie unverrückbarer Tatsachen erfährt, gleitet die Kindheit Stück für Stück hinein in die allmähliche Zersetzung alles Lebendigen.

Kurioserweise erzeugten die eindringenden Tröpfchen auf ihrer schrägen Flugbahn, nachdem der erste Ärger überwunden war, eine Atmosphäre der Gutgelauntheit: Die enttäuschte Hoffung auf das Wunder, daß der Regen von uns abperlen würde wie vom Gefieder einer Ente, brachte uns auf ein spöttisches Spielchen. Mal schnell und spitz, mal weich und mit letzter Kraft trafen die kleinen Tropfen willkürlich einen Augenwinkel, eine Schläfe, einen Backenknochen, oder sie zielten geradewegs auf das Innere einer Ohrmuschel. Dies taten sie nach so unberechenbaren, komplizierten Gesetzmäßigkeiten, daß man sich vergeblich gegen sie zu schützen suchte, wollte man sich nicht einen Sack über den Kopf streifen. Unser Spiel, eine Art vereinfachtes Schiffeversenken, bestand schlicht darin, die Meldung »Getroffen!« zu erstatten, wenn uns ein Tropfen, stärker als andere, zusammenzucken ließ und uns das Gefühl gab, einem unbekannten Schützen als Zielscheibe zu dienen. Die einzige Spielregel verlangte von uns, ehrlich zu sein, uns nicht auf dem Sitz zusammenzukrümmen und wegen eines harmlosen Tropfens schlimme Qualen zu heucheln. Dies gab häufig Anlaß zu kleinen Wortgefechten, allerdings in gedämpftem Tonfall. Wir hüteten uns, die Stimme zu erheben: Großvaters 2 CV war ein weihevoller Ort – nicht seine Rüstung, wie der erbarmungswürdige Zustand der Karosserie nahelegen mochte, sondern seine Zelle.

Einmal, ein einziges Mal, war Großvater einer von uns, nämlich als sich ein Tropfen gleich einer glitzernden Perle an seine Nase heftete und er, aus seinem hartnäckigen Schweigen auffahrend, mit belegter, umflorter Stimme, die so klang, als würde sie wenig benutzt, ausrief: »Nase versenkt!« Schlagartig hörten wir auf zu zanken, anfänglich fast verärgert über das Eindringen eines Erwachsenen in unser Revier. Doch dann, als die Überraschung verflogen war, faßten wir es als gute Nachricht auf, die Heimkehr eines altgewordenen verlorenen Sohns: Großvater war uns nicht entrückt, sondern durchaus in Sichtweite – und dabei hatten wir ihn, der am Ende seines langen Lebens angelangt war, in der Rumpelkammer seiner Erinnerungen gewähnt! Vor Erleichterung und vielleicht auch, um kundzutun, wie sehr seine Distanziertheit auf uns gelastet hatte, brachen wir in fröhliches, befreiendes Gelächter aus, wie es sich nach dem verzögerten Verstehen eines Wortspiels einstellt: Die »versenkte Nase« schloß in idealer Weise unsere Schlacht ab, nachdem wir uns, da wir kein Ende fanden, genötigt gesehen hatten, immer wieder, bis zum Überdruß, dieselbe armselige Spielregel zu befolgen. Unser improvisiertes Wasserspiel wieder aufzunehmen erwies sich unwiderruflich als unmöglich – als hätte Großvaters gedämpfter Ruf es mit einem Schlag versanden lassen. Immerhin mußte der Ausdruck dann lange zur nüchternen Feststellung diverser häuslicher Mißgeschicke herhalten: wenn die Milch überkochte, eine Taschenlampe streikte, eine Fahrradkette absprang oder eine Uhr stehenblieb. Sogar im Kreis der Erwachsenen bürgerte er sich ein: Daher Papas »Nase versenkt!«, als er zwei Kilometer vor der Ortschaft ohne Benzin liegenblieb, obwohl er sich ausgerechnet hatte, daß er es bis nach Hause schaffen würde, wenn er im Zickzack fuhr und den Tankinhalt bis zum letzten Tropfen aufbrauchte. Hätte er, der soviel reiste, länger gelebt, wäre der Ausdruck mit ein bißchen Glück vielleicht in die Alltagssprache eingegangen. Es hätte dann allerdings große Findigkeit erfordert, ihn nach hundert Jahren bis zu seinen Anfängen zurückzuverfolgen.

DER REGEN IST an der unteren Loire ein Gefährte, ein treuer Begleiter während eines halben Lebens. Er verleiht dieser sonst eher nichtssagenden Gegend so etwas wie ein eigenes Gepräge. Die vom Ozean mit Wasserdampf gesättigten Wolken zwängen sich auf der Höhe von Saint-Nazaire in das Flußtal der Loire, ziehen flußaufwärts und schütten gleich einem nie stillstehenden Schöpfwerk ihr überreiches Naß über Nantes und Umgebung aus. Verglichen mit dem Monsun ist die Wassermenge zwar insgesamt unbedeutend, doch wird sie so sorgsam übers ganze Jahr verteilt, daß Leute, die auf der Durchreise sind und nicht immer das Glück haben, eine Regenpause zu erwischen, schnell mit einem Urteil über das Land zur Hand sind: nichts als Wolken und Regen. Schwer, sie eines Besseren zu belehren, selbst wenn man ihnen die sprichwörtliche Milde des Klimas entgegenhält – Beweis dafür sind die wildwachsenden Mimosen und ein paar zerfledderte Palmen im Garten des Notars –, denn es gibt nun mal Messungen: Anzahl der Sonnenstunden, jährliche Niederschlagsmenge und so weiter. Gut, das Klima ist feucht, doch die Macht der Gewohnheit ist so groß, daß man es irgendwann nicht mehr beachtet. Bei hartnäckigem Nieselregen beteuert man vielmehr im Brustton der Überzeugung, dies sei gar kein richtiger Regen. Brillenträger trocknen zwanzigmal am Tag mit mechanischen Bewegungen die Gläser, gewöhnen sich daran, daß sie ihren Weg durch ein Gesprüh von Tröpfchen hindurch finden müssen, die die Landschaft zerlegen, zerstückeln, ein gigantisches Zerrbild aus ihr machen, in dessen Mitte man mühsam nach Orientierungspunkten sucht: Man läßt sich von seinem Gedächtnis leiten. Doch wenn es Abend wird, wenn es sanft auf die Stadt herabregnet und die Neonreklamen blinzelnd ihre leuchtende Kalligraphie in die meerblaue Nacht zeichnen, kleine tanzende Sterne, die gleich blauen, roten, grünen und gelben Funken vor den Augen glitzern und die Brillengläser sprenkeln, fühlt man sich in eine Märchenwelt à la Versailles versetzt. Ohne Brille wirkt das Original vergleichsweise platt.

Da dem so ist, machen die Optiker gute Geschäfte. Nicht, daß Kurzsichtigkeit hier verbreiteter wäre als anderswo, doch das Putzen der Gläser mit einem verstohlen aus der Hose gezogenen Hemdzipfel, mit einer Ecke des Tischtuchs im Restaurant oder dem unbenutzten Rand eines in der Hand zusammengeknüllten Taschentuchs erhöht das Risiko, daß die Brille entzweigeht, zu Boden fällt, zerbricht. Dies ist eines der zahlreichen Ärgernisse, die der Regen mit sich bringt, abgesehen von der trübseligen Stimmung und den stechenden Kopfschmerzen durch das ständige Augenzwinkern. Das Rumoren dicht unter den Haarwurzeln mag andere Gründe haben, aber wem sonst soll man die Schuld geben? Ständig muß man sich in eines der Cafés flüchten, die die Hauptstraße säumen, und es bleibt einem nichts anderes übrig, als bei einem Gläschen, aus dem dann leicht zwei oder drei werden, darauf zu warten, daß sich der Himmel aufhellt. Schweigend, die Ellbogen auf die Theke gestützt, betrachten die Gäste verstohlen ihr Spiegelbild in den Glasscheiben und folgen mit den Blicken den Passanten, die, vornübergebeugt und die Hand am Kragen, im strömenden Regen kräftig ausschreiten. Niemand setzt ein überlegenes Lächeln auf, wenn ein Schirm umklappt; man beglückwünscht sich schlicht dafür, größere Umsicht bewiesen und sich ein trockenes Plätzchen gesucht zu haben. Sobald der Wolkenbruch ein wenig nachläßt und der Himmel über den Dächern heller wird, reden sich alle ein, daß das Wetter aufklart. Sie trinken das kleine Weißweinglas in einem Zug leer, knöpfen die Jacke zu und ziehen den Kopf zwischen die Schultern, fest entschlossen, wieder ins Freie zu treten – doch da setzt der Platzregen erneut ein. Also zeigen sie ohne ein überflüssiges Wort mit dem Daumen auf das tulpenförmige Glas: Noch mal dasselbe, bitte.

Der Regen kündigt sich durch eindeutige Vorzeichen an: Westwind, sauber und frisch; Möwen, die sich weit ins Landesinnere zurückziehen und wie Wattebäusche auf den bestellten Feldern niederlassen; Schwalben, die im Sommer fast die Dachfirste streifen, während sie lautlos und wachsam ihre Haken schlagen; Laub, das in den Gärten raschelt; kleine runde Blätter, die aufgeregt zittern; Männer, die die Nase in den mit Schäfchenwolken überzogenen Himmel recken; Frauen, die mit ausladenden Armbewegungen die Wäsche zusammenraffen – unvergleichlich, diese vom Meerwind getrockneten Laken, diese homöopathische, mit Jod und Salz angereicherte Luft zwischen den Fasern des Stoffs – und die bunten Wäscheklammern, Vögeln auf der Stange ähnlich, an der Leine klemmen lassen; Kinder, die im Sand spielen und von ihrer Mama ins Haus zurückgerufen werden; Katzen, die Toilette machen und sich mit der Pfote hinters Ohr fahren; und ein dreimaliges leichtes Klopfen mit dem Fingernagel gegen das gewölbte Glas des Barometers: Der Zeiger sackt mal wieder ins Bodenlose.

Die ersten Tropfen sind kaum zu spüren. Man schaut nach oben und ist sich nicht sicher, ob von diesem perlgrauen, leuchtenden Himmel, der in der Ferne vom Widerschein des Ozeans gefärbt ist, wirklich etwas heruntergefallen ist. Der feine Regen begnügt sich damit, die steigende Flut zu begleiten, dieses täglich zweimal stattfindende träge Hin und Her der Gezeiten mit einem Tidenhub zwischen 50 und 60. Alle sind fasziniert von den gewaltigen Fluten um die Tagundnachtgleiche, vor denen die phönizischen Seefahrer so große Angst hatten – das Meer zieht sich unter den Schiffsrümpfen zurück, als stürzte es in den großen Wasserfall am Rand der Welt, um wenig später mit wütenden Wellen wiederzukehren und sich das verlorene Terrain zurückzuholen –, doch dabei sind sie Ausnahmen und ereignen sich nur zweimal im Jahr. Tatsächlich erregt dieses Kommen und Gehen des Wassers über Schlamm und von Algen bedecktes Gestein hinweg längst schon niemandes Aufmerksamkeit mehr. Himmel und Meer verfließen zu einem aschgrauen

Einerlei, Wellen und Wolken heben sich von ihnen wie eine langgestreckte, anthrazitfarbene Maserung ab, und der Horizont bildet zwischen den Elementen keine Trennlinie, sondern einen stufenlosen Übergang. Das ganze Land ist dem Regen anheimgegeben: Er tropft von den Bäumen und den Gräsern, sammelt sich auf dem Asphalt, der so grau ist wie der Himmel, und erfüllt die Menschen mit einer Trübsal, die ebenso unentrinnbar wie in ihren Auswirkungen maßvoll ist und nur manchmal zu übertriebenem Weinkonsum verleitet – ein tölpelhafter Versuch, dem Nordwesten Lebensfreude aufzuzwingen. Der Regen ist das philosophische Element des großen Werkes, das sich vor unseren Augen vollzieht, er ist etwas Schicksalhaftes. Schon beim ersten Anzeichen streckt man die Hand aus. Anfangs spürt man nichts. Man dreht die Innenseite der Hand nach oben, weil die Haut dort empfindlicher ist, und was erhält man? Einen Stecknadelkopf, ein glasklares Kügelchen auf einer Fingerkuppe, in dem sich die Wolkendecke, der verkleinerte Himmel spiegelt. Es ist so ähnlich, als würde man den Mont-Saint-Michel oder die Basilika von Lourdes durch das winzige Loch einer alten Schreibfeder betrachten. Solch eine Andeutung von einem Tröpfchen auf der Hand, erwägt man die Möglichkeit einer Verschlimmerung. Bisweilen bleibt alles, wie es ist: Nein, es wird nicht regnen. Die Flut steigt allein, begleitet allenfalls von einem kosenden, seidigen Wind, der in den Frisuren eher Ordnung als Wirrwarr stiftet und keine besonderen Neuigkeiten vom Ozean bringt. Mit anderen Worten: Flaute in der Sargassosee, Windstille bei den Bermudas. Die bretonische Küste badet im Golfstrom, diesem Piratenfluß mit seinem lauen Wasser, der, aus der Karibik kommend, den Atlantik durchquert und dem wir die Mimosen, Lorbeerbäume und Geranien verdanken – nun ja, wir schummeln ein bißchen und schaffen die Kübel zu Beginn der kalten Jahreszeit ins Haus. Ohne den Golfstrom würde die Flußmündung wie der Sankt-Lorenz-Strom jeden Winter zufrieren. Nantes liegt auf der Höhe von Montreal. Dennoch ist Schnee in dieser Gegend lediglich eine Stilfigur. Alle zehn Jahre eine dünne Schicht, die schmilzt, kaum daß sie den Boden berührt. Ausnahmen bildeten natürlich der berühmte Winter des Jahres 1929, als Pierre nach Commercy aufbrach, und der Winter 56, der so viele Opfer unter den Obdachlosen forderte und den Kindern Gelegenheit gab, stolz neben ihren selbstgebauten Schneemännern zu posieren, Schneemännern, die aussahen, wie sie es immer gelesen hatten, mit Eierkohlen als Augen, einer Karotte als Nase und dazu, wie es sich gehört, einem Hut, einer Pfeife und einem Schal um den Hals. Zu erwähnen wäre auch noch die Dürre im Sommer 76, als es in der Bretagne keinen Tropfen Wasser gab, die Wiesen verdorrten, der Mais mickerig wie Lupinen und die Kühe ausgemergelt wie Windhunde waren: Unbilden der Witterung, die man mangels besserer Erklärungen geheimnisvollen Sonnenflecken, dem Ausbruch eines Vulkans auf der südlichen Erdhalbkugel oder einer Verschiebung der Erdachse zuschrieb. An derlei erinnerte man sich nur, weil es nicht der Norm entsprach. Die Norm, das ist der Regen.

Der Regen bei steigender Flut ist genau genommen keiner. Er ist zerstäubtes Wasser, eine kleine, beschauliche Musik, eine Hommage an die Langeweile. Es liegt so etwas wie Güte in der Sanftheit, mit der er das Gesicht streift, Stirnfalten glättet und das Gehirn von sorgenvollen Gedanken ausruhen läßt. Er fällt diskret, man sieht ihn nicht, die Scheiben weisen keine Spuren auf, die Erde absorbiert ihn unbeschadet.

Die Langeweile hingegen ist Gift für die Seele, das Gift des endlosen Geniesels und eines niedrigen Himmels – so niedrig ist dieser Himmel, daß er mit Masten, Kirch- und Wassertürmen auf du und du steht und sich in den Wipfeln hoher Bäume verfängt. Man sollte nicht über die Kelten von einst spotten, die sich davor fürchteten, er könnte herabstürzen: Die himmlischen Gefilde der Transzendenz werden unter hohen, azurblauen Himmeln ersonnen. Eine Schieferplatte lastet auf der Landschaft, schafft zwischen Wolken und Erde drangvolle Enge, dunkel und mit Wasser gesättigt. Nein, das ist kein Regen, das ist eine gründliche Vereinnahmung des Raums, ein dichter, sich langsam und hartnäckig herabsenkender Vorhang, der nicht mehr braucht als einen Windhauch, um bis in die geschützten Unterstände vorzudringen, in denen sich der Staub auf dem Boden seine helle Färbung bewahrt hat. Dieser kondensierte Nieselregen der schwarzen Monate November und Dezember durchnäßt die ganze Landschaft und ertränkt auf dem Grunde der Herzen das letzte Fünkchen Hoffnung, er erzeugt das Gefühl, daß die Erde ganz langsam untergeht, versinkt – und daß man am

Ende nicht dem von den Wüstenreligionen vorausgesagten Feuerzauber beiwohnen wird, sondern einer gewaltigen Verwässerung. Hier gibt es nach einem Gewitterregen keine großen Regenlachen, die verdampfen, kaum daß die Sonne herauskommt, und auch keine schrecklichen, katastrophalen Überschwemmungen, bei denen Menschen evakuiert werden müssen und man Opfer mit Booten aus dem Obergeschoß ihrer Häuser befreit. (Die Felder längs der Loire sind häufig überflutet, doch man gesteht dem Fluß in seinem Bett ein Anrecht auf Abwechslung zu.) Der äußere Rahmen wird gewahrt, das Land wird lediglich noch grüner, grün wie ein Militärtornister, und die Stadt noch grauer, grau wie Blei. Der Geist der Sümpfe hat alles in Beschlag genommen. Wiesen und Rasenflächen kaschieren mit ihrem Grün, daß sie wie Schwämme sind. Schuhe, die sich dorthin wagen, bekommen dicke Lehmsohlen. Es ist riskant, am Rand von Gräben und Teichen entlangzugehen – bloß nicht ausrutschen! –, einen Busch zu streifen – das bedeutet eine Dusche! –, sich an einen Baum zu lehnen – die Rinde ist klebrig! Man spielt ein bißchen Herkules, indem man dicke, morsche Äste zerbricht, die herabgestürzt sind. Die Seemannsjoppen aus schwerem Tuch trocknen nicht von einem Tag auf den anderen. Das Brot ist matschig, die Mauern saugen sich mit Feuchtigkeit voll, und auf den Wandteppichen bilden sich Flecken wie Kontinente, so daß man sich fragt, wie all das Wasser millimeterweise hat einsickern können. Die Heizkörper erhitzen sich vergebens, das Naß zwängt sich durch ein Nadelöhr, als wäre es ein Triumphbogen.

Sämtliche Gliedmaßen knirschen und knacken, die Knochen schüren die Glut einstiger Schmerzen. Lange, trübselige Tage ohne die Verheißung eines helleren Himmels. Die Lampen brennen von früh bis spät. Ein dutzendmal schiebt man die Vorhänge beiseite, um nachzusehen, ob es noch immer regnet, unermüdlich, gewissenhaft, als wollte es niemals aufhören. Zartbesaitete lassen sich davon unterkriegen: Gegen Ende der finsteren Monate ist schon manch einer in einen Brunnen gesprungen.

Der Nieselregen besitzt nicht den rhythmischen Reichtum eines Wolkenbruchs, der mit hellem Klang von verzinkten Fenstersimsen abprallt, in Regenrinnen gurgelt und – immer launisch, sprunghaft – auf Dächer trommelt, wobei er sich geschickt wie ein Klavierstimmer anstellt, so daß ein geübtes Ohr die verschiedenen Materialien zu unterscheiden vermag: Schiefer, am Nordlauf der Loire sehr gebräuchlich; die Dachpappe einer Remise; Holz und Blech von Schuppen; die Glasscheibe einer Dachluke. Nach einem letzten Schauer, der hinterhertrödelt und das Unwetter abschließt, wölbt sich eine wabernde Kuppel aus Quecksilber über der Stadt. Im silberhellen Licht zeichnen sich alle Konturen gestochen scharf ab: die steinernen Löckchen am Turm von Saint-Nicolas, die Form der Blätter an den Bäumen, die Schwingen hochfliegender Vögel, die gebrochene Linie der Hausdächer, die Fernsehantennen, die als Vogelstangen dienen. Das scharfe Auge erkennt aus hundert Metern ein Schild – und auch jemanden, dem man lieber nicht begegnen möchte. Die Trottoirs glänzen bläulich wie die Bäuche der Sardinen, die hier zur Saison an Straßenecken verkauft werden. Autobusse rauschen mit gedämpftem Zischen vorbei, und unter ihren Reifen schießen dünne weiße Schleier aus Wasser hervor. Die Schaufenster glänzen frischgewaschen, um die Baumwipfel scheint eine Aureole aus zahllosen Silbernägeln zu schweben, die Luft schmeckt frisch wie ein Pfefferminzbonbon. Gleich einem Souvenir ruht die Stadt unter der leuchtenden Klarheit einer Kristallglocke.

Die Gewitterstürme sind gewillt, reinen Tisch zu machen. Bei anhaltender Kälte gedulden sie sich bis zum nächsten Mond, um dann mit heftigen Windstößen den ganzen Unrat des Winters hinwegzufegen. Gelegentlich bewirkt soviel Überschwang, daß ein Baum nicht mehr an der alten Stelle steht, ein anderer enthauptet wird, ein Auto umstürzt, Schornsteine Flugversuche machen, Wetterfahnen sich wie Windsbräute aufführen – man kann sich ja ausmalen, wie schwierig es ist, solche beachtlichen Kräfte zu dosieren: Schnitzer sind unvermeidlich, und außerdem, was bedeutete das Wort Zyklon, wenn die Gewalt des Sturms keinen Windmesser blockieren, keinen Deich unter der Wut der Wellen brechen lassen könnte.

Die Regengüsse aus Nordwesten sind eiskalt und bringen das Blut in Wallung. Vom grimmigen Wind getrieben, der vom Atlantik heranbraust, treffen sie das Gesicht von schräg oben wie Ohrfeigen. Das ist Feilstaub, das sind Pfeile aus Wasser, die sich in die Haut bohren und einen zermürben. Wangen, Nase und Hände haben die Farbe von Zinnober. Der Geschmack unserer Zeit liebt längst nicht mehr die romantische Blässe, sondern die tropische Bräune – doch ein puterroter Teint ist noch nie als ausgesprochen verführerisch empfunden worden, nicht einmal bei den Indianern Nordamerikas, die ein schönes Kupferrot schätzen. Wenn sie auch sonst nichts Gutes bewirken, diese winterlichen Regengüsse, so vermitteln sie einem doch zumindest ein Gefühl der Entspannung wie nach einer großen körperlichen Anstrengung, ein Wohlbehagen wie nach einer Strapaze, das sich einstellt, wenn man daheim, abgetrocknet und warm eingepackt, dem Sturm lauscht, der draußen heult und tobt. Ein banales Glück, das manchen verwehrt bleibt: den Obdachlosen, Notleidenden. Armut bringt nichts ein. Diogenes, mit dem die Mär vom philosophierenden Clochard ihren Anfang nahm – das ist auch eine von diesen Geschichten, wie sie nur unter einem milden Himmel entstehen. Man kann Alexander, mag er noch so groß sein, auffordern, aus der Sonne zu treten, aber Wolken? Hier bei uns hätte der Zyniker in seiner Tonne nicht lange den boshaften Spötter gespielt: Klatschnaß, frierend und ohne den kleinsten Sonnenstrahl, der seinem betagten Gerippe ein bißchen Wärme spendet, hätte er bei seinen Nörgeleien wohl eher die Schaffung der Heilsarmee gefordert. Für solche Leute ist das winterliche Regenwetter ein Martyrium. Es bietet, im Gegensatz zum Frühling, nicht einmal den abwechslungsreichen Anblick plötzlich heraufziehender Schauer, nach denen du vor Verlassen des Hauses vorsichtshalber den Himmel absuchst, einen Himmel, der manchmal geradezu heiter aussieht und mit weißen Wolken gesprenkelt ist, die so eilig vorbeidefilieren, als müßten sie rasch das Land überqueren, um an der Ostgrenze einen Einfall barbarischer Regenwolken abzuwehren. Voller Vertrauen läßt du den Regenschirm an der Garderobe oder wo immer sein Platz ist: in einem Papierkorb oder einer Papptonne für Waschpulver. Nach den düsteren Monaten hat man so unbändige Lust auf den Frühling, daß man gegen Wintersachen aufbegehrt – von wegen eine Schwalbe macht noch keinen Sommer! Schon schwebt etwas Süßes, Mildes in der Luft, und laue, duftende Schwaden durchziehen die nach wie vor winterliche Atmosphäre der allmählich länger werdenden Tage – daß sie länger werden, dafür gibt es ein paar untrügliche Anzeichen: Man merkt es beim Verlassen des Büros, zur Stunde, wenn die Läden schließen, beim Studieren des Fahrplans, beim Anblick der zu früh eingeschalteten Straßenbeleuchtung. Man ist so von der guten Nachricht in Beschlag genommen, so erfreut über das spürbare Herannahen schöner Tage, daß man nicht merkt, wie sich der Himmel innerhalb von drei Minuten wieder verdüstert – bis es erbarmungslos und ohne Vorwarnung zu regnen anfängt. Es regnet mit komischem Eifer, und das flinke, muntere Getrommel des Wolkenbruchs hat etwas Kindisches. Es wirkt wie ein am hellichten Tag gezündetes Feuerwerk, wie ein Probelauf, dem eine Straßenbreite genügt: Ein Stück weiter ist das Pflaster trocken. Im Laufschritt flüchtest du dich in den Schutz eines Portals oder unter das Vordach eines Ladens oder zwängst dich mit anderen Passanten in einen Hauseingang. Und zum Beweis, daß sie diesem Regen nichts übelnehmen, sehen sich die Menschen mit triefendem Haar lächelnd an. Nein, das ist kein richtiger Regen, da wird nur Verstecken gespielt, oder Katz und Maus. Zeit für eine Verschnaufpause, bis der Himmel wieder besser gelaunt ist und sich blau färbt. Ein Lichtblick, und schon ist alles verziehen.

Grossmutter tat solche Regengüsse als Pfuscherei ab. Ihrer Meinung nach hätte es lieber einmal richtig regnen sollen und dann Schwamm drüber. Hätte man ihr die Verantwortung für die Verteilung des Regens übertragen, hätte sie acht zusammenhängende Tage des Jahres dazu bestimmt, die Wassermenge von zwölf Monaten aufzunehmen, und die restliche Zeit hätte sie in eine warme (aber nicht zu warme) und in eine kalte (aber nicht zu kalte) Jahreszeit unterteilt. Statt dessen, sagte sie, müssen wir hier ständig diese unangenehmen Wechselbäder nehmen, als wären wir in der Bretagne. Über das schlechte Wetter schimpfte sie wie über alles andere, was nicht gut lief. Sie, die sonst so eiserne Prinzipien hatte, fluchte zwanzigmal am Tag in des Teufels und Gott weiß was sonst für Namen, und ihre Stimme nahm dabei einen drohenden, bedeutungsschweren Unterton an. Ihre Worte waren nicht nur schlichte Unmutsbezeugungen, sie schienen nichts Geringeres als die Ordnung der Welt in Frage zu stellen, und wenn sie den wahren Schuldigen nicht nannte, dann zweifellos, weil er nicht allzu weit weg war.

Ihre Eheschließung mit Großvater hatten die Eltern nicht direkt erzwungen, aber doch in die Wege geleitet – als triumphale Verbindung wohlhabender

Kaufleute, die den Nachkommen einen glanzvollen Firmenzusammenschluß bescherte. Die Rechnung sollte zwar nicht aufgehen, sondern von den Stürmen des Jahrhunderts zunichte gemacht werden, doch angesichts des florierenden Bekleidungshauses mit Namen *Au bonheur des dames* sprach nichts dagegen, an eine gute Zukunft zu glauben, und um das Glück nicht zu vergrätzen, brachten die Brautleute sogar so etwas wie Liebe füreinander auf. Nicht daß die Liebe so wichtig wäre – nach dreißig oder vierzig Jahren finden sich alle Menschen am selben Punkt wieder –, aber es gibt das unangenehme Gefühl, nicht seines Glückes Schmied gewesen zu sein: Man sperrt sich gegen die Einsicht, daß es auf jeden Fall so gekommen wäre, und behält einzig im Gedächtnis, daß man eine Chance gehabt und sie verpatzt hat. Was bleibt, ist das, womit man sich nicht abfinden will.

Großmutters Hochzeit stellte in ihrem Leben ein derart einschneidendes Datum dar, daß sie gewissermaßen das Jahr Null markierte, die Grenze zwischen Vorher und Nachher, etwa wie Christi Geburt oder die Gründung Roms. Wenn man aber über ihr Alter rätselte (denn man konnte über ihre Langlebigkeit und außerordentliche Rüstigkeit nur staunen), gab es stets jemanden, der eine simple Lösung parat hatte: Man brauchte sich lediglich daran zu erinnern, daß Großmutter bei ihrer Hochzeit im Jahr 1912 fünfundzwanzig gewesen war – als hätte diese Zeitangabe, brauchbarer als ihr Geburtstag, eine Demarkationslinie gezogen, die wer weiß was für Zeitabschnitte voneinander trennte. Das traf wohl auch zu, hatte Großmutter doch selbst die Trennlinie festgelegt.

Wer auch sonst? Bestimmt nicht der Kronzeuge dieser Geschichte, der ein Jahr jünger war als sie: unser verschwiegener Großvater. Die Berechnungen von Großmutters Alter erwiesen sich, wenn die letzte Ziffer der jeweiligen Jahreszahl keine 2 war, immer als so schwierig, daß es schließlich nur noch mit der Formel »fünfundzwanzig im Jahr 12« angegeben wurde, und das war ein geradezu fossiles Alter, dem die Jahre nichts anhaben konnten. Es ging ja lediglich darum, je nach Großmutters augenscheinlichem Gesundheitszustand *grosso modo* abzuschätzen, wieviel Zeit seit damals verstrichen war, und die Zahl war nicht nur variabel, sondern sie stagnierte sogar einmal für mehrere Jahre, in denen Großmutter uns unverändert vorkam, bis eine eindeutige Alterserscheinung für Beschleunigung sorgte: Auf einem Ohr wurde sie schwerhörig, ihr Schritt wurde schleppend, ihr Gedächtnis lückenhaft, und sie erzählte zehnmal hintereinander dieselben Geschichten. Doch abgesehen von ihren allerletzten Tagen, in denen sie darauf verfiel, nur noch mit gedämpfter Stimme zu sprechen und dabei die Hand vor den Mund zu halten, damit die Oberschwester nichts hörte, die sich angeblich hinter dem Heizkörper an der Wand versteckte und sie daran hinderte, abends tanzen zu gehen – abgesehen von diesen letzten Tagen also benahm sie sich stets wie eine Ururgroßmutter, die im Jahr 12 fünfundzwanzig gewesen war, und bevor sie fast hundertjährig verschied, gab sie noch ein letztes Scherzwort zum besten, ein so geistreiches Bonmot, daß ihre Töchter unter Tränen lachen mußten.

Den Tag der goldenen Hochzeit hatten alle richtig ermittelt; die Rechnung war einfach. Man hatte ein Familientreffen erwogen, ein von Darbietungen aufgelockertes Festmahl, zu dem jeder nach Kräften beitragen sollte, weiterhin ein Theaterstück, weshalb Papa und Lucie, Mamas jüngere Schwester, mit einer alten, vergilbten Larousse-Klassikerausgabe als Vorlage für alle Fälle eine Szene aus *La Jalousie du barbouillé* probten. Gern hätte man auch einen Tanzabend mit kaltem Buffet veranstaltet, und Großvater sollte zu diesem Anlaß sogar die Geige auspacken und mit alten Freunden vom Konservatorium in Nantes, wo er einst den ersten Preis gewonnen hatte, noch einmal im Quartett spielen, doch entweder war dem Flötisten, der auch dazugehört hatte, für immer die Puste ausgegangen oder, was wahrscheinlicher ist, es hatte sich der vom Jansenismus geprägte Familiensinn gegen all diese Pläne durchgesetzt – jedenfalls verstrich der Sommer, ohne daß man sich auch nur über das Datum geeinigt hätte. Die Ferien der einen wollten sich nicht mit denen der anderen decken, und irgendwann war es zu spät: Es wurde Herbst, der Regen setzte ein, die Familie war in alle Winde zerstreut, und das neue Jahr, das den Großeltern sozusagen eine Unze Gold mehr bescherte, stellte wieder alle Familienmitglieder auf Jahre hinaus vor schier unlösbare Rechenaufgaben. Man tröstete sich mit der Aussicht auf künftige Feiern dieser Art – welche, wußte man nicht genau; vermutlich die diamantene oder die Platinhochzeit. Diese Frage wurde ausgiebig erörtert (gibt es eine Baumwoll- oder Porzellanhochzeit?), und via »Lumpenhochzeit« landete man schließlich bei Figaros Hochzeit. Lucie nutzte die Gelegenheit, um mit ihrer Sopranstimme die Arie des Cherubino anzustimmen: »Voi che sapete che cosa è amor«, und alle applaudierten.

Die betagten Eheleute empfanden sicher Erleichterung darüber, daß ihnen die Strapaze erspart geblieben war. Großvater war von der Idee mit dem Quartett nicht sonderlich begeistert gewesen, denn er zog der Musik immer mehr die Stille vor. Die Geige blieb fortan in ihrem Kasten, und wenn er hin und wieder noch ein bißchen auf dem Piano klimperte, dann, weil er sich von diesem Instrument wie von einem Magneten angezogen fühlte – es ist schwer, an einem Klavier vorbeizugehen, ohne den Deckel aufzuklappen. Seine Darbietungen waren jedoch von kurzer Dauer: ein paar Takte einer Fuge, eine Arie, der Anfang eines Sonatenthemas. Manchmal brach er mitten in einem Arpeggio ab und ließ, die Hände flach auf den Knien, die unvollendete Melodie träumerisch in sich nachklingen, bevor er das grünseidene Tuch wieder sorgsam über die Tastatur breitete. Gegen Ende begnügte er sich mit einem einzigen Ton, als wollte er an ihm die Stille messen. Dann fiel auch dieser eine Ton weg, und es blieb bei einer stummen Liebkosung der elfenbeinernen Tasten.

Großmutter war vor Zorn rot angelaufen, als die Cousins den Vorschlag machten, den 2 CV am Tag der Feier mit Tüll und Bändern zu schmücken und auf den bauchigen Kofferraumdeckel »Es lebe das Brautpaar!« zu pinseln: Man solle ja nicht glauben, daß sie an einer solchen Maskerade teilnehmen werde! Der 2 CV war für Großvater und sie ohnehin ein ständiger Zankapfel. Nicht daß sie dem Auto sein schäbiges Erscheinungsbild vorgeworfen hätte. Aus finanziellen Gründen konnten sich die beiden schon seit langem keine funkelnagelneuen Wagen mehr leisten wie in ihrer Glanzzeit. Großmutter, diese energische Frau, nahm solche Schicksalsschläge hin, und sofern ihre Grundsätze nicht angetastet wurden, maß sie dem Verlust von äußerlichen Zeichen des Wohlstands, mit denen sich der angesehene Bürger schmückt, keinerlei Bedeutung bei. Menschen, die dies nicht taten, fertigte sie mit ein paar schneidenden Worten ab, so einen armen Burschen, der sich mit der Geschwindigkeit seines Sportkabrioletts brüstete und den sie abkanzelte: »Zu schade, dann sieht man es ja gar nicht richtig!« Sie hatte Haltung bewahrt, als Großvater und sie das große Haus aus Kalkstein, Ziegeln und Holz, überladen mit Anbauten, Treppenabsätzen und Erkerzimmern, gegen eine enge, düstere Zweizimmerwohnung im Erdgeschoß eines Häuschens in Riancé hatten eintauschen müssen. Sie, die es fertigbrachte, eine Fabrikantenfamilie bis ins zwanzigste Glied zu verfluchen, bloß weil ein Füllfederhalter nicht schreiben wollte, ließ sich keinerlei Betrübnis anmerken, als sie sich von nahezu ihrem gesamten Mobiliar trennen mußte. Das Klavier wurde im Schlafzimmer dicht an das Fußende des Bettes gerückt und war fortan ständig mit allerhand Kram zugedeckt. Daher vielleicht auch Großvaters Unlust, darauf zu spielen, denn um an die Tastatur heranzukommen, mußte er immer erst einen Haufen Kleidungsstücke wegräumen. Man stelle sich dazu noch einen runden Tisch und ein Nachttischchen vor, und schon ist es bei geöffneten Schranktüren aus mit der Bewegungsfreiheit. Die Einrichtung von dreizehn Zimmern in nur zweien unterbringen zu müssen machte eine grausame Auslese erforderlich und erzwang nicht nur die Trennung von allem, was sich in einem langen Leben angesammelt hatte, sondern auch von der Hinterlassenschaft verflossener Generationen: Mehr noch als eine Form asketischer Beschränkung stellte es eine Entrümpelung des Gedächtnisses dar.

Trotz alledem behielt Großmutter als Andenken an vergangene Zeiten zwei oder drei nutzlose Dinge, an denen sie besonders hing. Insbesondere versteifte sie sich auf einen großen Haushaltsschrank von mittelmäßigem Fassungsvermögen, obwohl sie den hübschen, genausoviel Platz beanspruchenden Bücherschrank aus Rosenholz und mit ovalen Glasscheiben viel besser hätte gebrauchen können. Doch jener Schrank verkörperte ihre Großmutter, ihre Mutter, sie selbst und alle fleißigen Frauen der Familie – kurz, er war ein Heiligtum. Alles andere gab sie mit einer Gelassenheit fort, an der es ihrem Gatten bei diesem Anlaß wohl eher mangelte. Wiederholt blickte er uns mit gekränkter Miene an und sagte zugleich so ostentativ kein Wort, daß uns der feine Unterschied zu seinem gewohnten Schweigen nicht entging. Dabei hing auch er nicht sehr an den Dingen dieser Welt; seine Aufenthalte in den Mönchszellen von La Melleraye und seine Besuche bei den Trappisten bezeugten es. Und wenn er hinsichtlich der Kleidung sehr anspruchsvoll blieb, so lag dies an seinem Schneiderberuf: Er hatte ein Auge für den Schnitt eines Kleidungsstücks, erkannte schlechte Arbeit auf den ersten Blick und wußte den Faltenwurf einer Hose oder leichter, weich fallender Stoffe ebenso einzuschätzen wie die Qualität des Futters. Darin ähnelte er dem heiligen Franz von Assisi, dem *poverello*, der sich, Sohn eines Tuchhändlers und wohl kaum der Frivolität verdächtig, ausbedungen hatte, in einem grauen Leichentuch bestattet zu werden. Was Großvater vor allem gegen den Strich ging, war, daß er überhaupt an der Verteilung des Hausrats teilnehmen mußte. Die Töchter, die aus alledem den Nutzen zogen, überboten sich darin, möglichst gute Miene zum bösen Spiel zu machen. Sofern es zu Kränkungen, Eifersüchteleien und Enttäuschungen kam, wurden sie im Keim erstickt. Wenn einer der Töchter etwas zugeteilt wurde, bot sie es, bevor sie annahm, immer erst ihren Schwestern an. Und ließ eine von ihnen unendlich behutsam durchblicken, daß sie gern diesen oder jenen Gegenstand hätte, beeilten sich die anderen zu versichern, sie seien nicht daran interessiert. So stauten sich in ihnen lauter kleine Ressentiments, die in der Folgezeit bei Besuchen zutage traten, beispielsweise wenn eine Schwester bei einer anderen einen Gegenstand entdeckte, den sie sich selbst gewünscht hatte: »Sieh an, Mamas Lampe macht sich ja wirklich gut auf deiner Kommode!«

EIN 2 CV HAT in der Form etwas von einem Primatenschädel: Die Windschutzscheibe gleicht leeren Augenhöhlen, die Sonnenblenden dem Stirnbein, der Kühlergrill Nasenlöchern, die Motorhaube vorstehenden Kieferknochen. Es fehlt nichts, weder die leicht gerundete Schädeldecke – das Dach – noch die Rundung über dem Kleinhirn am Hinterkopf – der Kofferraumdeckel. Unser Großvater war der einsame, in sich gekehrte Bewohner dieses wie zum Denken geschaffenen Gehäuses. Großmutter fühlte sich so sehr ausgeschlossen, daß sie es vorzog, zumindest die kürzeren Strecken zu Fuß zu gehen, statt sich von ihm chauffieren zu lassen. Nun war das Marschieren allerdings nie ihre Stärke gewesen, und es wurde noch erschwert durch die Folgen einer komplizierten Niederkunft, bei der etwas gerissen war, was ihren schaukelnden Gang erklärte. Wenn sich Großvater hinters Steuer eines anderen Wagens setzte, nahm sie ohne Murren an seiner Seite Platz. Denn sie fand an allen Autos etwas, was ihr gefiel, nur nicht am 2 CV. Dieses Vehikel schien ihr für ein ozeanisches Klima nicht tauglich. Wozu nützte denn das aufrollbare Stoffverdeck, das einem zwar ein Stück Himmel zeigte, aber auch, daß das Wetter mal wieder nicht mitspielte? Ganz zu schweigen von dem wirbelnden Fahrtwind, der einen erledigte, fertigmachte. Übrigens widersetzten sich die rostigen Verriegelungen, von der salzigen Luft angefressen und hartnäckig klemmend, sowie die steife, brüchige Stoffbespannung, die sich nicht rollen lassen wollte, jedem Versuch, an einem der seltenen schönen Tage offen zu fahren. Außerdem wußte man nie, ob man das Dach nicht schon nach zehn Kilometern Hals über Kopf wieder schließen mußte. Großmutter war nicht davon abzubringen: Dieses Möchtegernkabriolett hatte nördlich des 45. Breitengrades nichts zu suchen. Um Wüsten zu durchqueren oder das Hoggar-Gebirge zu erklimmen, wie es junge, waghalsige Leute tun – in Ordnung. Aber hier an der unteren Loire? Das war etwas ganz anderes.

Die Untauglichkeit bei Regen war der größte Makel. Neben Dach und Türen gab es noch einen dritten Schwachpunkt, an dem Regenwasser eindrang: das primitive Belüftungssystem, ein simpler, drei Finger hoher und mit feinmaschigem Draht bespannter Schlitz unterhalb der Windschutzscheibe, dessen verstellbarer Deckel nur bedingt wasserdicht war – zumal mit kaputter Gummidichtung. Bei trokkenem Wetter reichte die durch den Maschendraht pfeifende Luft schon aus, um Großmutter auf die Palme zu bringen. Wie sollte sie da bei unaufhörlichem Nieselregen die Ruhe bewahren? Die ersten Tröpfchen quittierte sie mit vieldeutigen Seufzern (die bedeuteten: Da habt ihr den Beweis, wie wohlbegründet meine Ansichten sind!), und zugleich rutschte sie in einer Weise auf ihrem Sitz hin und her, als versuchte sie ihnen auszuweichen, ohne dabei jemand anderen durch ihr Mißbehagen zu behelligen. Dann machte sie sich angesichts von Großvaters Teilnahmslosigkeit daran, die Lücken mit alten Lappen zu verstopfen, die im »Handschuhfach« (einer Ablage unter dem Armaturenbrett) herumlagen. Sie hob einen mit spitzen Fingern hoch, bemängelte, daß er so schmutzig war (die Lappen wurden unterschiedslos zum Abwischen des Ölmeßstabs, der Windschutzscheibe und, sofern sie noch einen einigermaßen sauberen Zipfel hatten, sogar zum Blankputzen von Großvaters Schuhspitzen verwendet), rollte ihn zusammen und versuchte, ihn irgendwie an der Scheibe festzuklemmen, doch er fiel schon bei der erstbesten Erschütterung wieder herunter. Nach ein paar kräftigen Flüchen fing sie von vorn an, wischte und putzte und gab während der ganzen Fahrt keine Ruhe. Großvater ließ sich dadurch nicht stören.

Da er das Auto sehr niedertourig fuhr, bewegten sich die mit dem Motor gekoppelten Scheibenwischer im Schneckentempo und machten kleine Hüpfer von einigen Millimetern, sofern sie nicht bockten und eine Pause einlegten, so daß man die Scheibe mit Faustschlägen bearbeiten mußte, bis sie wieder gemächlich im Halbkreis hin und her wanderten. Sie hinterließen auf dem Glas ein fächerförmiges Geschmier, das genaue Gegenteil des gewünschten Effekts. Erbost darüber, daß niemand außer ihr das Ausmaß der Gefahr erkannte, wischte Großmutter nervös mit der Hand über die Innenseite der Windschutzscheibe, wobei sie in Augenhöhe allmählich größer werdende Kreise beschrieb, aus denen immer flachere Ovale wurden, und nach einer Weile wagte sie sich schüchtern auf die Seite des Fahrers vor, gerade lange genug, damit er einen Unterschied erkennen konnte – doch der ungehinderte Blick durch das Loch in der dünnen Dunstschicht auf die Windschutzscheibe erbrachte lediglich den eindeutigen Nachweis, daß man so gut wie nichts sah. Die Scheibenwischer waren schuld, also packte Großmutter den Griff, mit dem man sie von innen manuell bedienen konnte, und bewegte sie heftig hin und her, und diese Beschleunigung der Wischerblätter, dieser abrupte Tempowechsel, dieses rasche, ruckartige Hin und Her wirkte wie eine Szene aus einem Stummfilm: Man sah im Geist zwei Männer vor sich, die bei der Arbeit trödeln, etwa zwei Geschirrwäscher, die träge einen Stapel Teller abspülen und bei Erscheinen ihres tyrannischen Vorgesetzten plötzlichen Eifer zeigen. Das Resultat von Großmutters Bemühungen sah allerdings eher aus wie schmutziges Geschirr. Ein klebriger Brei, auf zwei Halbmonde verteilt, machte die Sicht nun vollends zunichte. Da klappte sie wütend die untere Hälfte des Seitenfensters hoch, das ihr prompt auf den Ellbogen fiel, schob den Arm hindurch und putzte mit einem Lappen vor ihrem Gesicht eine handtellergroße Stelle blank. Der Anblick der sich vorn perspektivisch verengenden Straße, der Bäume zu beiden Seiten und des strömenden Regens mit seinen milchig-weiß vom Asphalt abprallenden Tropfen – all dies war wie die Offenbarung eines aus vielen, ineinander verschachtelten Welten bestehenden Kosmos, in den sich die kleine, geschlossene Welt des 2 CV einfädelte. Wenn Großmutters Arm schon nicht lang genug war, um die gesamte Scheibe abzuwischen, so gestattete das saubere Bullauge ihr nun immerhin, dem Mann am Steuer nahezulegen, sich weiter rechts zu halten, und einmal rief sie »Aufpassen!«, nämlich als ihnen ein riesiger Lastwagen entgegenkam, dessen Fahrtwind allein schon bewirkte, daß ihr zerbrechliches Vehikel Schlagseite bekam.

Blindlings draufloszufahren bereitete Großvater kein Kopfzerbrechen. Wenn er zusammengesunken auf seinem Sitz saß, die Hände am unteren Teil des Volants, zwischen den Lippen eine sich brav selbst verzehrende Zigarette, sahen Passanten von ihm allenfalls den Hut. Das äußere Ende der einen Augenbraue war vom Nikotin gelb verfärbt. Dieses Blond inmitten von unaufhaltbar vorrückendem Weiß wirkte wie eine letzte Bastion der Jugend, wie ein strategischer Rückzug des Lebens auf eine schwefelgelbe Landzunge. Zusammen mit der zweiten, makellosen Braue bildete es eine Asymmetrie, die auf dem gealterten Gesicht Spuren einer einseitigen Lähmung vermuten ließ, ein Eindruck, der noch durch den starren Blick des rechten Auges verstärkt wurde, das wegen des beißenden Qualms stets halbgeschlossen war und nur ab und zu zwinkerte, wobei sich der Schnurrbart verzog und eine schiefe, chaplineske Grimasse entstand. Großvater wirkte so in sich gekehrt, so weit fort, daß man glauben konnte, er sei eingeschlummert, was tatsächlich schon mehrmals passiert war und ihm ein paar Unannehmlichkeiten wie etwa eine Fahrt in den Straßengraben oder einen abgerissenen Kotflügel eingebracht hatte. Er blickte dicht über den oberen Rand des Steuerrads hinweg und war ganz versunken in die Betrachtung einer imaginären blauen Linie, die sich durch Kilometer von Gedanken zog, in denen wir offenbar keinen Platz hatten. Großmutter nannte das seinen privaten Garten. Damit gab sie zu verstehen, daß sie sich dort nicht hineinwagte, aus Angst, nicht wieder hinauszufinden.

Sein einziger Vertrauter war der Pförtner der Abtei La Melleraye, ein kleiner Mönch mit einem überaus milden Lächeln und großer Zungenfertigkeit, der – es sei denn, der Superior hätte es ihm befohlen – seinen Posten um nichts in der Welt gegen das Leben seiner Glaubensbrüder eingetauscht hätte, denen die Ordensregeln Schweigen auferlegten. An Tagen mit zahlreichen Besuchern wie dem Ostersonntag eilte er von Grüppchen zu Grüppchen, empfing Neuankömmlinge mit ausgebreiteten Armen, drückte Hände, hatte zum Zeichen dafür, daß er jeden wiedererkannte, stets ein paar passende Worte parat, tätschelte den Kindern die Wange, preßte sie, vielleicht ein bißchen zu stark, gegen seine Kutte, die unangenehm nach Moder roch, erkundigte sich besorgt nach den schulischen Leistungen der Älteren und meinte, wenn jemand darüber klagte, daß eines der Kinder in Latein alles andere als eine Leuchte sei: Nun ja, er selbst sei auch nicht gerade der eifrigste Verfechter des Lateinstudiums, wieso sollte man sich auch anstrengen, eine tote Sprache zu lernen, die höchstens ein paar alte Männer wie er verstünden. So sicherte er sich ohne viel Aufwand das Wohlwollen der schlechten Schüler, und dabei blickte er mit gefalteten Händen zum Himmel auf, als betete er um Vergebung für seine geradezu gotteslästerlichen Ansichten. Er war ein Mensch, der, in freiwilliger Zurückgezogenheit lebend, mit seiner Liebesfähigkeit haderte.

Um ihn loszuwerden, mußte man vorschützen, daß die Zeit drängte. Doch mochte er aus dem Umgang mit seinen Nächsten noch so viel Freude schöpfen, sobald er das schnurrende Motorengeräusch des 2 CV vernahm, das er von hundert anderen zu unterscheiden wußte, brach er das Gespräch ab und stürzte zur Pforte, um seinen lieben Monsieur Burgaud zu begrüßen. Großvater stattete ihm ein- bis zweimal pro Woche einen Besuch ab und brachte dann vom Kloster jedesmal einen herzhaften Käse mit, dessen orangefarbene Schale eine strohgelbe, von stecknadelkopfgroßen Löchern durchsetzte, feste und zugleich zarte Masse umschloß – einen Käse, der wohl in die Kategorie längst vergessener Köstlichkeiten eingeordnet werden muß, worüber sich mangels Vergleichsmöglichkeit niemand erregt, obwohl sich mit ihm tausend leckere Erleuchtungen davongemacht haben.

Die beiden promenierten in dem für Besucher offenen Teil des Parks. (Frauen hatten lediglich zur Töpferei Zutritt, wo die Erzeugnisse der Ordensgemeinschaft zu besichtigen waren.) Schon von weitem hörte man den Kies der Wege unter ihren Schuhen knirschen. Sie gingen langsam, blieben hin und wieder bei einem heiklen Punkt ihrer Debatte stehen und setzten nach einem Weilchen den Weg fort: die schmächtige Gestalt des kleinen Mönchs in seiner härenen, karamelfarbenen Kutte und unser kaum größerer Großvater, der den Oberkörper nach vorn neigte und die Hände als Gegengewicht auf dem Rücken verschränkt hielt. Sie sprachen leise und zollten so dem geweihten Ort ihren Respekt – unter den jahrhundertealten Bäumen ebenso wie unter der Kuppel der Zisterzienserkapelle mit ihren Pfeilern aus rosa Granit. Der Mönch begleitete seine Worte mit weitausholenden Armbewegungen, was seine Art war, sich, ohne die Stimme zu erheben, besser vernehmlich zu machen. Das Ritual erforderte auch – wenn ihnen genug Zeit dafür blieb –, daß sie auf halbem Weg auf dem Beckenrand Platz nahmen und schweigend die stille Wasserfläche betrachteten. Doch ein solches Stückchen Ewigkeit war nicht nach dem Geschmack des Pförtners: Er würde nach Ablauf der Besuchszeit noch genug Zeit zum Schweigen haben, und die Art und Weise, wie er mit der Spitze seiner Sandale Kieselsteine wegstieß, ließ ahnen, wie ungeduldig er auf die Fortsetzung des Gesprächs wartete.

Bei der Nachricht von Großvaters Tod brach er in Tränen aus; es war der spontane Schmerz eines allein zurückgebliebenen Kindes. Doch schnell faßte er sich wieder. Mit dem weiten Ärmel wischte er sich wie in einem Abschiedsgedicht die Tränen ab und bat um Nachsicht: »Bitte verstehen Sie mich, ich habe meinen besten Freund verloren.« Nach den üblichen Worten des Trostes setzte er, freilich ein wenig gequält, erneut sein ewiges Lächeln auf, diese Fassade verklärter Seligkeit, die die Besucher sagen ließ, solche Leute seien trotz der strengen Ordensregeln glücklicher als andere. Ob ihnen wohl die Frauen fehlten? Ganz im Gegenteil, denn sie hätten sie nie kennengelernt, meinten die Herren. Und ihre Gattinnen erklärten selbstgefällig: »Um die ist es nicht schade.« Nachdem nun ein jeder das gesagt hatte, was man von ihm oder ihr erwartete, war der Fall erledigt.

Bruder Eustache hatte sich gewundert, daß Großvater ihn seit längerem nicht mehr besuchte. Außerhalb der Ferienzeit war dies ungewöhnlich und verhieß nichts Gutes. Er erinnerte sich, daß Madame und Monsieur Burgaud sich vor einiger Zeit mehrere Wochen lang bei ihrer jüngsten Tochter aufgehalten hatten, nachdem deren Mann gestorben war – vierzig Jahre alt und Vater von drei kleinen Kindern! Das war vor nicht einmal sechs Monaten gewesen. Gott unterzog die Menschen bisweilen harten Prüfungen, und es war nicht leicht, den verschlungenen Pfaden seiner Liebe zu folgen. Nach seiner Rückkehr wirkte Monsieur Burgaud sehr gealtert. Sein hageres Gesicht hatte einen verschlossenen Ausdruck, und er brachte ihren Erörterungen nicht mehr das gleiche Interesse entgegen wie früher, gab unpassende oder überhaupt keine Antworten und war oft geistesabwesend. Der Tod jenes jungen Mannes, den er sehr gemocht hatte, setzte ihm zu, und er kam immer wieder darauf zu sprechen. Es war, als hätte er spät entdeckt, daß das Mysterium allen Lebens aus derselben dunklen Quelle gespeist wird. Über »all das« zerbrach er sich den Kopf, und der kleine Mönch machte mit dem Arm eine vielsagende Geste, mit der er die Glocke des Himmels, die Kapelle, die Bäume, die Wolken und das Wasserbecken umschloß.

Jetzt rief er sich haarklein ihre endlosen Gespräche in Erinnerung, und als er sich mechanisch wieder in Bewegung setzte, ging die Gruppe von Besuchern schweigend neben ihm her. Worüber hatten sie beide sich unterhalten? Oh, über alles, natürlich auch über Musik, aber nicht nur, eigentlich sogar sehr selten. Er selbst hatte nur eine nebelhafte Vorstellung, was auf die Gregorianik folgte, und wenn sie sich über Bach noch einig waren, so waren sie beispielsweise bei Wagner alles andere als einer Meinung, denn er, Bruder Eustache, fand seine Musik niederschmetternd, von all dem Klimbim in den Libretti ganz zu schweigen. Nein, ehrlich gesagt, und sofern der Ausdruck für Amateure wie sie nicht ein bißchen zu hochgegriffen war – sie philosophierten. Monsieur Burgaud hatte einen neugierigen und offenen, wenngleich zweifellos allzu kartesianischen Geist, doch dieses Manko wurde durch die überaus große Aufmerksamkeit ausgeglichen, die er anderen Menschen entgegenbrachte. Die Welt mit all ihrem Unglück bildete das Hauptthema ihrer Debatten. Sobald sie zu einer Diagnose gelangt waren, versuchten sie sich Lösungen zurechtzuzimmern, die eine bessere Zukunft verhießen. Einmal hatten sie sogar – das durfte jetzt gesagt werden, die Sache war verjährt – nach mehreren Entwürfen ein Schreiben an den Präsidenten der Republik gerichtet und die Schaffung eines, wie sie sich ausgedrückt hatten, »Pannendienstes der Caritas« angeregt. (Die Metapher deutete auf die Tour de France; von Großvaters Seite kam sie bestimmt nicht, denn er hatte sein Leben lang hochmütig die Augen davor verschlossen, daß sich viele Menschen gern in Sportstadien drängen.) Das Projekt sah vor, kleine Lastwagen in ländliche Gegenden zu entsenden, mit dem Auftrag, Notleidenden »Pannenhilfe« zu leisten, das heißt sie einzusammeln.

Als das publik wurde, hatte es auf uns nicht die gewünschte Wirkung. Wir wußten, daß Großvater seit geraumer Zeit mit höchsten staatlichen Instanzen korrespondierte, und hielten dies für eine Alterserscheinung: Nichts in unserer Welt der Eitelkeiten konnte ihn mehr beeindrucken. Er ist eben ein Original, sagten wir beschönigend und tippten uns an die Stirn. Übrigens hatte das Sekretariat des Elyséepalasts ihm in einem Antwortschreiben versichert, sein Brief sei an die zuständigen Stellen weitergeleitet worden.

Bruder Eustache hatte sich von seinem Freund zu der Aktion überreden lassen. Beim Gedanken an diese Tollkühnheit errötete er im nachhinein. Ach, der liebe Monsieur Burgaud! Kopfschüttelnd setzte der kleine Mönch sein strahlendstes Lächeln auf und blickte zum Himmel empor. Aller Kummer war vergessen. Er sah Großvater im Kreis der Engel.

Während man ihm zuhörte, wurde man Zeuge einer Art von Amputation, die darin bestand, daß er Großvater von der Familie abtrennte und ihn sich selbst aneignete. Seine rhetorischen Fragen wie: »Was, das wußten Sie nicht?« oder: »Das hat Monsieur Burgaud Ihnen nicht gesagt?« im Verbund mit einer vertraulichen Mitteilung stärkten seine Stellung eines Auserwählten des Herzens, also eines Menschen, für den man sich aus freien Stücken und gegen eine Schar von aufgezwungenen Kandidaten entscheidet. Die Folge war, daß er, der als einziger die Größe seines Freundes erkannt hatte, während wir ahnungslos waren, das Angedenken an ihn wie ein Monopol verwaltete. In einer Hinsicht hatte der kleine Mönch durchaus nicht unrecht. Großvater hatte bei ihm stets ein offenes Ohr gefunden, ein Echo seiner heimlichen Sorgen. Die Besuche im Kloster hatten ihm als Vorwand für ersprießliche Abstecher in eine andere Welt gedient. Es war seit langem bekannt, daß es hinter seinem Schweigen vor lauter fiebrigen Gedanken nur so surrte. Bruder Eustache, der Trost seiner alten Tage, hatte sich von alledem die Rosinen herausgepickt. Ihm war eine Gnade zuteil geworden, und gerechterweise mußte man ihm dieses Erbe zugestehen.

Doch das bedeutete, daß er den Weizen erntete

und uns die Spreu überließ. Der Welt und ihren Versuchungen entzogen, hatte er nur eine bruchstückhafte Vorstellung vom Leben. In die Abgeschiedenheit des Klosters gelangten lediglich hochgestochenes Gedankengut, hehre Ideen und starke mystische Aufschwünge. Es war ein geläuterter Großvater, der an diesem Ort, der mit dem himmlischen Jerusalem wetteiferte, Einlaß fand. Auf der Schwelle ließ er die Bürde des Menschseins zurück und präsentierte sich drinnen als Gottes Ebenbild. Über die Kehrseite wußten wir zweifellos besser Bescheid als der kleine Mönch, und das Bild des heiligen Mannes bedurfte einiger Korrekturen: Großvater versteckte seine Bonbons, um uns keinen abgeben zu müssen, und als Taschengeld teilte er uns einen so kümmerlichen Obolus zu, daß Großmutter ihn hinter seinem Rükken verzehnfachen mußte. Auch seine Eskapade im letzten Sommer war nichts gewesen, dessen er sich dem Mönch gegenüber hätte rühmen können.

Seit sie sich zur Ruhe gesetzt hatten, fuhren Großmutter und er jeden Sommer in den Süden Frankreichs, um sich bei ihrer Tochter Lucie zu erholen. Nach einer ersten, strapaziösen Reise im 2 CV, die mit Pannen und enttäuschenden Erfahrungen in den Hotels durchsetzt war, hatte Großmutter ein für allemal ein Machtwort zugunsten der sicheren und schnelleren Eisenbahn gesprochen. Die wenig schmeichelhaften Bemerkungen anderer Autofahrer über die Langsamkeit ihres Vehikels und die Plätze, die für sie im Krankenhaus oder gar auf dem Friedhof reserviert seien, lagen ihr schwer im Magen. Doch es stimmte, sie waren nicht mehr jung. Das mußten sie sich auch beim Aussteigen eingestehen, als sie die vier schweren Koffer auf den Bahnsteig wuchteten und Großvater sich unter der Krempe des Panamahutes die Stirn abwischte, während Großmutter sich mit der achtlos gefalteten Zeitung vom Vortag Luft zufächelte. Sie waren müde, und ihre von dunklen Äderchen durchzogenen Gesichter wirkten unter der rußigen Qualmwolke der Lokomotive angestrengt. Sobald John, Lucies englischer Ehemann, die Koffer auf den Gepäckwagen gehievt hatte, setzte sich die kleine Gruppe, angeführt von dem sorgsam Fuß vor Fuß setzenden alten Ehepaar, in Bewegung, dem Ausgang und dem makellos blauen Himmel entgegen, und dabei besprach man, ob die beiden angesichts ihrer Müdigkeit in Zukunft nicht besser über Lyon fahren sollten, selbst wenn sie dann einmal umsteigen und drei Stunden auf den Anschlußzug warten müßten, statt die kürzere Strecke über Bordeaux mit ihren zahllosen Haltestellen zu nehmen. Doch Großvater war das einerlei, er verstand sowieso nicht, warum man sich noch nicht mit Dynamit eine Schneise durch das Massif Central gesprengt hatte. Großmutter nahm sich vor, das nächste Mal einen kleinen Zerstäuber mitzunehmen, mit dem sie sich unterwegs das Gesicht besprühen und gegen den Eindruck ankämpfen wollte, in einem Viehwagen zu reisen, um das Kind einmal beim Namen zu nennen. Ach, diese Gerüche von Eßbarem (vor allem von hartgekochten Eiern, die man vor ihrer Nase abpellt), die sich mit dem Schweißgeruch vermengen! Hitze entschuldigt nicht alles. Eine Feststellung zum allgemeinen Mangel an Hygiene:

Manche Menschen, das läßt sich mit Namen untermauern, riechen bereits vormittags schlecht und haben unter den Achseln Schweißflecken, die nicht vom selben Tag stammen. Was Großmutter jedoch am meisten gegen den Strich geht, ist die Ungeniertheit der Leute. Bei Antritt der Reise geben sich die Nachbarn im Abteil so, als kämen sie geradewegs aus dem Schloß (das Schloß ist Großmutters Maßstab, und sie meint das von Riancé, das einer der ältesten Familien Frankreichs gehört): affektierte Eleganz, übereinandergeschlagene Beine, die Hand vor dem Mund, um ein lächerliches Hüsteln zu erstikken, erlesene Artigkeiten, wenn man nur einen Koffer im Gepäcknetz verstaut – doch dann, während der Zug einen Kilometer nach dem anderen hinter sich bringt, macht sich alles breit, tritt sich auf die Füße, entblödet sich nicht, den anderen Lektionen in Höflichkeit zu erteilen, kurz, der französische Garten verwildert zu Brachland. Großmutter ist schon seit langem entschlossen, sich von niemandem schlaff wie ein Sack, mit gespreizten Beinen und offenstehendem Mund ertappen zu lassen. Daran hält sie fest, und als wollte sie die Spuren der alptraumartigen Nacht mit den lieblichen Düften der Provence vertreiben, fächelt sie sich noch heftiger Kühlung zu.

Mister Djon, wie ihn die arabischen Arbeiter auf seinem Besitz nennen, nimmt, den Unterarm auf dem Rahmen der Wagentür, deren Scheibe heruntergelassen ist, in gemächlichem Tempo die ersten Kurven des Massif des Maures. Er spürt bereits, daß die von den Hügeln herüberwehenden Gerüche, diese wundersame Küche unter freiem Himmel, das alte

Ehepaar für die Widrigkeiten der Reise entschädigt. Schwere, betäubende Düfte sind das, und wenn sie dich streifen, entfalten sie sich zu Salbei, Thymian, Majoran, Rosmarin, Basilikum und Minze, zum Terpentingeruch des Baumharzes, dem herben Geruch des Buchs- und dem bittersüßen des Feigenbaums, zum Geruch von geschälten Korkeichen, knorrigen Olivenbäumen, silbrig belaubten Grüneichen, wie gelackt glänzendem Lorbeer, ockerfarbener Erde und schwarzem Schiefer – all dies unter einem zum Indigoblau tendierenden, mit dem Grün der Pinien kontrastierenden Himmel und beim schrillen Gezirpe der Zikaden, das bei Gesprächspausen alles auszufüllen scheint.

In Talsenken taucht der Wagen jedesmal in die schattige, den Buchen und Eichen so willkommene Frische der nach Norden abfallenden Berghänge ein, um nach einer Kehre wieder vom überwältigenden Licht des Südens übergossen zu werden. Das alte Paar bewegt sich mit, neigt sich in Kurven leicht zur Seite und blickt dankbar zu den Gipfeln der Berge auf.

Großmutter sitzt auf dem Beifahrersitz. Einen englischen Schwiegersohn zu haben ist für sie ein Zeichen dafür, daß sie kein Leben wie alle anderen geführt hat. Irgendwann hat sie zu ihrer Tochter gesagt: »Für mich heißt er Jeannot.« Da sie sich durch die falsche Aussprache eines ausländischen Namens nicht hat lächerlich machen wollen, entschied sie sich, wie man es von ihr gewöhnt ist, für die radikalste Lösung. Vielleicht hat John alias Jeannot sie deshalb so lieb, diese energische Frau, deren Eigenliebe sie verletzlich macht. Jedenfalls ist sie einer der wenigen Menschen, die es schaffen, von seinem hageren Gesicht die Sorgenfalten verschwinden zu lassen. Deshalb rundet sie ihren Bericht über die Beschwerlichkeiten der Reise mit einer komischen Bemerkung über die für ihre Begriffe unerträglich schamlose Art ab, wie manche Frauen unter ihren Röcken für Durchzug sorgen. Großmutter hebt ihren eigenen Rock mit spitzen Fingern leicht an und schüttelt ihn, als wäre er staubig. Eine gelungene Darbietung. Die fröhliche Stimmung ist jetzt soweit gefestigt, daß sie eine Wiederholung verträgt. Also gibt Großmutter eine Zugabe. Die unangenehmen Eindrücke der Reise verblassen vollends, als am Ende der mit Steinen gepflasterten, an der Einfahrt von zwei Zypressen flankierten Allee das rosa verputzte Haus auftaucht. Im Schatten der großen Akazie wartet der Korbsessel auf Großvater. In ihm wird er den Sommer verbringen.

Er nahm ihn am frühen Morgen in Besitz, nach einem kurzen Spaziergang in den Hügeln, inmitten fein abgestimmter Düfte und in der Milde des jungen Tages mit seinem gesegneten Schweigen, das dem Lärmen der Zikaden vorangeht. Die Strecke war kaum länger als ein Rundgang ums Haus, doch er absolvierte sie aufmerksam und voller Eifer: Jede Pflanze, jeder Schmetterling wurde beim Namen genannt, zumindest diejenigen, die er auf den Tafeln des Lexikons hatte identifizieren können. Nicht daß er sich für Botanik interessiert hätte – der Garten ihres Hauses in Riancé war die reinste Wildnis – nein, er hatte sich diesen Dreh einfallen lassen, um mit seinen Enkelkindern ins Gespräch zu kommen. Wenn er mit einem von ihnen an der Hand spazierenging, zeigte er mit dem Spazierstock auf eine Pflanze, verkündete kurz und bündig: »Bohnenkraut« und verfiel wieder in sein träumerisches Schweigen. In dieser Rolle eines Kenners der Natur und durch die Weitergabe seines Wissens glaubte er seinen erzieherischen Pflichten gerecht zu werden. Unnütz, mehr von ihm zu verlangen, und schon gar nicht, wie Lucie es ihm nahegelegt hatte, den Kleinen das Notenlesen und ein bißchen Klavierspielen beizubringen. Er stellte sich schwerhörig. Ein Beethoven, der für die kleinen Mozarts nur taube Ohren hatte.

Vom Spaziergang zurückgekehrt, macht er es sich, mit Sommerhemd und Leinenhose bekleidet, in seinem Sessel bequem. Den Vormittag verbringt er damit, Zeitung zu lesen, Kreuzworträtsel anzufangen, die Lucie dann abends im Bett vervollständigt, mit der Spitze des Spazierstocks ein kurvenreiches geometrisches Gebilde in den Sand zu zeichnen, dessen Mittelpunkt er ist und, ebenfalls mit dem Stock – er ist aus biegsamem Bambus und stammt aus der Kollektion seines Schwiegersohns –, trockenes Laub zu kleinen Pyramiden aufzuschichten, um die eine Ameisenkolonne einen Umweg machen muß. Den Panama zieht er um so tiefer in die Stirn, je greller das Licht wird, er blickt vor sich hin und greift zum Hut, wenn ihn ein Mann, der auf dem Weingut arbeitet, von weitem grüßt. Niemand geht auf dem zu den Weingärten und Eichenwäldern führenden Weg vorbei, ohne ihm mit einer kleinen Geste zu huldigen. Wie er da gelassen unter dem Baum sitzt, einem alten Chinesen gleich, wird er von den anderen, die geschäftig ihrer Arbeit nachgehen, offenbar für einen Weisen gehalten. Er ist die Achse, um die sich das gesamte Anwesen dreht. Er zeigt in die Richtung, wo Mister Djon zu finden ist, wenn ein Arbeiter nach ihm sucht, weil der Traktor eine Panne hat. Und falls John gerade im Haus ist, gibt er die Meldung weiter, indem er hineinruft: »Jeannot, Sie werden gebraucht. Es ist mal wieder was mit dem Traktor.« Der Rauch seiner Zigarette staut sich einen Moment unter der Hutkrempe und umgibt ihn mit einem flüchtigen Nimbus. Mitten in seinen Träumereien fällt ein kleiner Zylinder aus Asche auf die Leinenhose. Er entfernt ihn behutsam mit dem kartonierten Deckel seines Notizbuchs, das er aus der Hemdtasche zieht (darin trägt er unter anderem seine botanischen Entdeckungen ein) und läßt ihn unversehrt in den Aschenbecher fallen, der in Reichweite auf einem Holzkloben steht. Großmutter, die es ein starkes Stück findet, daß ihm sein Nichtstun soviel Ansehen einträgt, kommt, damit er sich wenigstens ein bißchen nützlich macht, mit einem Korb voll Bohnen, die enthülst werden müssen. Würde sie stricken, hätte sie ihn längst die Arme ausstrecken lassen und die Wolle darangehängt, um sie zu einem Knäuel aufzuwickeln. Dabei legt er manchmal eine geradezu beispielhafte Fügsamkeit an den Tag, vorausgesetzt, man verlangt nicht von ihm, daß er aufsteht: Er läßt sich von seiner Tochter schelten, wenn er sich vergißt und einen nachlässig ausgedrückten Zigarettenstummel in das gelbbraune Gras schnippt; sieht zu, wie sie grimmig auf die anstößige Zigarette tritt, als wäre sie der heilige Georg, der dem Drachen einen Fuß auf die Kehle setzt; wie sie zugleich, als wäre das noch nicht genug, auf die verkohlten Rebstöcke am Hang zeigt, diese furchteinflößenden Überbleibsel des dramatischen Feuerzaubers vom letzten Sommer, als die brüllende Feuerwand knappe zweihundert Meter vom Haus entfernt gestoppt werden konnte, in jener Nacht, die wie von tausend Lagerfeuern einer auf dem Hügel biwakierenden Armee erhellt war, als man das klägliche Knacken des Holzes hörte und den Geruch von geröstetem Brot in den frühen Morgenstunden roch – und jetzt diese verwüsteten Hügel! Vielleicht war an alldem eine Zigarette wie diese schuld. Da bereut Großvater, als hätte er den Scheiterhaufen der heiligen Johanna angezündet.

»Na also, hab' ich's doch gesagt«, trumpft Großmutter auf, die gerade vorbeikommt. »Wegen seinen Zigaretten werden wir alle irgendwann im Feuer geröstet.« Und schon eilt sie weiter, dem winzigen Lucas hinterher, Lucies Jüngstem, der partout splitternackt auf dem Landgut herumspazieren will und jedesmal heulend davonrennt, wenn man ihm mit Gewalt die kleine blaue Badehose überzieht, die Großmutter auch diesmal wieder zur Hand hat. Nach einer Weile werden die beiden erneut vorbeikommen, und zwar in derselben Reihenfolge, sofern der Winzling Lucas sich nicht inzwischen hat einfangen lassen. Das Glied des Kleinen, der von Kopf bis Fuß goldbraun ist und noch immer heult, ist zu kurz, um hin und her zu baumeln, und sieht aus wie ein kleiner Zapfen. Einen Moment lang ist Lucas versucht, sich zu Großvater zu flüchten, schlägt jedoch im letzten Augenblick eine andere Richtung ein, weil ihm einfällt, daß ihn die Namen von Blumen und Schmetterlingen nicht das kleinste bißchen interessieren, eine Wissensverweigerung, die ihn in Ungnade hat fallen lassen. Deshalb hält Großvater sich aus dem Drama heraus, in dessen Verlauf der kleine Junge tränenreich die Ungerechtigkeit dieser Welt anprangert, und legt statt dessen einen so orientalisch anmutenden Gleichmut an den Tag, daß man sich an jene buddhistischen Mönche erinnert fühlt, die kleinen Katzen den Hals umdrehen, um ihren Jüngern den Weg zum vollkommenen Nirwana zu weisen. (Was mag das Kätzchen davon halten?)

Großvater verläßt seinen Wachposten kurz vor dem Mittagessen, auf das in der drückendsten Hitze des Nachmittags, wenn die gepeinigte Luft flimmert wie nach einem Feuerstoß aus einem Flammenwerfer, eine ausgedehnte Siesta folgt. Er erscheint erst wieder zur Teezeremonie, Großmutters Zugeständnis an die britische Lebensart, wobei sie ausnahmsweise auf den gewohnten Milchkaffee verzichtet – Tribut an den Schwiegersohn als Ausgleich für die von ihr durchgesetzte Änderung seines Namens. Später, wenn es kühler geworden ist, trägt man auf dem sorgsam gefegten Vorplatz unter Großvaters Blicken zahllose Boule-Partien aus. Formvollendet borgt man sich seinen Spazierstock, um in strittigen Situationen den Abstand zwischen den Kugeln auszumessen, und allein schon die Anwesenheit dieses Aushilfsschiedsrichters versetzt die Spieler in gute Laune. Bei Einbruch der Nacht verjagt dann eine Wolke von Mücken den heiligen Ludwig der Boule-Spieler von seinem Platz unter dem Baum.

Eines Morgens blieb der Sessel leer.

Je weiter der Vormittag vorrückte, desto öfter lenkte Großmutter die Schritte zu der Akazie. Die Frühaufsteher hatten die Abwesenheit ihres Mannes als belustigenden Verstoß gegen ein Ritual empfunden. Sie ließ sich nichts anmerken, doch ihre Beunruhigung wuchs. »Ist Alphonse noch nicht von seinem Spaziergang zurück?« Oder: »Haben Sie meinen Mann gesehen?« Sogar den Winzling Lucas in seiner

Aufmachung eines perfekten Naturisten befragte sie wie einen Kronzeugen, weil er immer Berg und Tal durchstreifte, doch er witterte eine Falle, einen Trick, und machte sich aus dem Staub, so schnell ihn die Füße trugen. Großmutter heftete sich an seine Fersen und versuchte das Mißverständnis auszuräumen: »Du sollst mir doch nur sagen, wo dein Großvater ist.« Doch er – gebranntes Kind scheut das Feuer – ließ nicht mit sich reden: Wenn es schon einmal nicht darum ging, ihm die Badehose aufzuzwingen, dann wollte man ihm bestimmt wieder irgend etwas einbleuen. Da niemand eine Antwort auf die Frage nach Großvaters Verbleib geben konnte, wurde auf dem Landgut mittags Alarm geschlagen.

John war vergebens dem gewohnten Spazierweg seines Schwiegervaters gefolgt, dem morgendlichen Rundgang, der hinter dem Haus am Fuß des Hügels zwischen Korkeichen verlief, dann ein Stück dem ausgetrockneten, von Schilfrohr gesäumten Wasserlauf folgte, um schließlich weiter südlich die Weingärten und das heideartige Brachland zu durchqueren, wo Großvater sich im wesentlichen seine botanischen Kenntnisse aneignete. Großmutter machte sich auf das Schlimmste gefaßt. Sie malte sich aus, daß er nach einem Anfall bewußtlos auf dem Boden lag, weitab vom Weg, von dem er sich wegen seiner verflixten Pflanzen entfernt hatte – er, der nie zwischen Petersilie und Möhrenkraut zu unterscheiden gewußt hatte; daß eine Schlange ihn gebissen hatte und er zu schwach oder zu weit weg war, um Hilfe herbeizurufen, während sein Bein immer dunkler anlief; daß ihn eine dieser monströsen, fingerlangen Hornissen gestochen hatte, die hier »Bomben« genannt wurden und einen todbringenden Stachel hatten; oder gar, daß sich seine Diabetes, die niemand ernst nahm und deren Behandlung aus der Einnahme von ein paar Süßstoffpastillen im Morgenkaffee und einer Handvoll über den Tag verteilter Bonbons bestand, in der Hitze schlagartig verschlimmert hatte: Steigender Zuckerspiegel in Blut und Urin, Großvater in einem komaähnlichen Zustand, in dem sein Leben vor seinem inneren Auge wie ein Film abläuft, während er zwischen wohlriechenden Pflanzen liegt, den Blick starr auf einen Himmel gerichtet, der so schwindelerregend blau ist, daß er einen aufzufordern scheint, sich in ihn hineinzustürzen wie in einen umgedrehten Abgrund; Großvater, der in seiner letzten Minute am Arm seiner Braut aus dem Jahr 1912 in einem Crescendo von Violinen und Zikaden Worte wie Zistrose, Myrte und Distel formt.

Alle Arbeiter des Weinguts – die meisten hatten ihren Militärdienst längst hinter sich – waren mobilisiert worden, und jeder war um so mehr mit dem Herzen bei der Sache, als Monsieur Burgaud stets ein freundliches Wort für ihn gehabt hatte. Großmutter empfahl, das Gebüsch zu durchsuchen, die Zisternen auszuleuchten, nicht mehr benutzte Wege abzuklappern, die Augen weit offen zu halten und, falls man ihren Alphonse als Opfer eines Schlangenbisses fand, ihn bloß nicht zu einem Fußmarsch zu nötigen, da die Beschleunigung des Blutkreislaufs fatale Folgen habe. Man solle vielmehr Bescheid geben, dann werde man mit dem Serum kommen, und außerdem möge doch jeder eine Trillerpfeife, eine Tute oder

Trommel mitnehmen und notfalls wie ein Muezzin singen oder den Ruf der Holzfäller ausstoßen, so könne man wertvolle Sekunden gewinnen. Sie hatte das Gelände in vier Abschnitte und die Männer in vier Trupps unterteilt. Sie leitete die Operation, fragte jedoch ab und zu John nach seiner Meinung, der lediglich zustimmend nickte. Wie bei einer Treibjagd bildeten sie eine Kette. Ein paar Männer, die schon Wildschweine erlegt hatten, wahre Sioux des Massif des Maures, prahlten damit, das Terrain wie ihre Westentasche zu kennen und beteuerten Großmutter gegenüber großspurig: »Keine Sorge, Madame Burgaud, Sie kriegen ihn wieder, Ihren Mann.«

Sie brachten überhaupt nichts wieder. Um drei Uhr kehrte der letzte Trupp unverrichteter Dinge zurück. Man befand sich bereits in der heiklen Jahreszeit, was Waldbrände anging, und es konnte jederzeit ein Feuer ausbrechen; obwohl sich der Mistral schon vor Tagen gelegt hatte und seitdem Ruhe herrschte, rief man die Feuerwehr zur Hilfe.

Rote Jeeps und ein Notarztwagen standen bereits seit geraumer Zeit in der Allee aufgereiht, als ein kleiner Herr, hell gekleidet und einen Hut auf dem Kopf, sichtlich beunruhigt an dem imposanten Aufgebot vorbeispazierte. Der Linienbusfahrer hatte ihn angesichts seines fortgeschrittenen Alters netterweise bis zu der von Zypressen flankierten Einfahrt gebracht. Eine zur Hälfte gerauchte Zigarette hängt zwischen seinen Lippen, aber in Anbetracht der Situation hält er es für besser, sie vorsorglich auszumachen und den Stummel in der Tasche verschwinden zu lassen. Mit dem Bambusstock hebt er den Zipfel einer Plane hoch, die eine zum Glück leere Bahre verhüllt. Vor dem Haus herrscht reges Treiben, und er sieht, daß man den langen Tisch deckt, der sonst immer bei der Weinlese aufgestellt wird. Die Gläser glänzen in der sinkenden Sonne wie Flecken hellroten Siegellacks. Ein wenig abseits umringt eine Gruppe von Freiwilligen den Feuerwehrhauptmann. Alle Blicke sind auf die fernen Hügel gerichtet und folgen dem Finger des Mannes, der in einer dicken schwarzen Lederkluft steckt. So bemerkt niemand den Neuankömmling, der sich zu ihnen gesellt, zuhört und eine Pause nutzt, um die Frage zu wagen: »Brennt es irgendwo?«

Es war kurz vor sieben Uhr. Ein knappes Dutzend wohlmeinender Helfer, angeleitet vom Befehlshaber einer Eliteeinheit, hatte unseren Großvater wiedergefunden.

Als er begriff, daß der ganze Aufwand ihm galt, verdrückte er sich ins Haus und schloß sich in seinem Zimmer ein. Einige, die gern gewußt hätten, warum sie den ganzen Nachmittag vergeudet hatten, fanden dieses Verhalten ein wenig rücksichtslos. John hielt den Moment für gekommen, um eine zweite Korbflasche Rosé zu entkorken. Schon bald fand man mildernde Umstände für den verstörten alten Mann. Man erzählte sich ähnliche Fälle von Gedächtnisverlust und umherirrenden Individuen, die nicht einmal mehr ihren Namen wußten: die Folge eines körperlichen oder seelischen Schocks, von Gehirnerweichung oder Blutandrang. Die Familie konnte es kaum erwarten, daß die Männer aufbrachen, denn man wollte sich Großvaters vermeintlichen Gedächtnisschwund einmal näher ansehen.

Lucie trommelte lange vergebens an seine Zimmertür, bis er sich entschloß, ihr zu öffnen (Großmutter hatte ihre Tochter vorgeschickt, weil sie bezweifelte, daß sie selbst bei ihm etwas erreichen könnte). Er behauptete, den Tag in Hyères verbracht zu haben, genau gesagt im Botanischen Garten, denn er habe alle Möglichkeiten der hiesigen Macchia ausgeschöpft und deshalb die Notwendigkeit verspürt, seine Kenntnisse zu erweitern, sich mit anderen Erscheinungsformen der Natur vertraut zu machen und mit der tropischen Flora zu befassen. Dort unten an der Küste habe er wahre Wunder zu sehen bekommen. Er beschrieb den indischen Feigenbaum mit seinen Luftwurzeln, den gigantischen, nach einem berühmten Indianerhäuptling benannten Sequoia aus Kalifornien, den Flammenbaum aus Madagaskar mit der feuerroten Krone; er zählte eine lange Liste botanischer Kuriositäten auf, die er in jenem Garten gesehen haben wollte und schloß, vielleicht aus Furcht, ein bißchen zu dick aufgetragen zu haben, in einer Anwandlung von schlechter Laune: Nun ja, was sei schon dabei, schließlich sei es doch nicht verboten, sich ein wenig in der Gegend umzusehen. Darin pflichteten ihm alle bei, nur bat man ihn, das nächste Mal vorher Bescheid zu sagen. Insgeheim fragte man sich allerdings, ob er vielleicht etwas zu verbergen habe, und wenn ja, was kam anderes in Frage als eine Frau? Eine Frau, das bedeutete in der verschlüsselten Sprache unserer Gedanken eine Intrigantin, die sicherlich mit allen weiblichen Reizen ausgestattet war und mit der Großmutter folglich wenig gemein hatte: Zwar war Großmutter in der Blüte ihrer Jugend zweifellos begehrenswert gewesen, weil Jugendfrische schon immer Hand in Hand mit Anmut gegangen ist, aber hübsch war sie nie gewesen, nicht einmal auf den ältesten Photoplatten – und jetzt diese alte Squaw mit watschelndem Gang, welkem Gesicht, einem Körper mit formlosen Formen, die sie unter einem weiten, gemusterten Kleid verbarg. Man bräuchte eine ganze Schatztruhe voll Phantasie, um hier eine Nische für die Liebe zu finden – und dann die andere dort unten in Hyères, zweifellos jünger oder zumindest mit jenem gewissen unvergänglichen Etwas, zum Beispiel mit schöngeformten Fesseln, denen die Zeit nichts anhaben kann, mit der unversehrten Jugendlichkeit der Füße gewisser alter Damen, mit Knöcheln, über denen sich wundersamerweise noch immer die Haut spannt und auf die sich nur alles Begehren zu verlagern bräuchte, andächtig, wie hypnotisiert, und schon wäre es möglich, ein Leben lang dieselbe Frau zu lieben. Großmutters dicke Waden fielen jedoch in gerader Linie zu den Schuhen ab, und sogar in dieser Affenhitze steckten sie immer in dicken Strümpfen, deren Mausgrau einen Stich ins Violette hatte, denn Großmutter konnte das Weiß ihrer Beine nicht leiden, das makellose, milchige Weiß ihres Leibes, so bleich wie die blinden Kreaturen, die in den tiefsten Höhlen hausen, in die nie ein Sonnenstrahl dringt. Wie sollte sie es mit der mysteriösen Frau aus Hyères aufnehmen, deren Gestalt seit einem halben Jahrhundert durch Bäder im Meer geformt wurde?

Die Antwort ließ bis zum nächsten Tag auf sich warten, nämlich bis Großmutter die Jacke ihres

Mannes durchsucht hatte. Der Held von gestern hatte wieder seinen Platz unter der Akazie eingenommen, als wäre nichts geschehen, nur daß er am liebsten darum gebeten hätte, den langen Tisch aus seinem Blickfeld zu entfernen, doch anscheinend hielt er es für geraten, sich den anderen nicht in Erinnerung zu bringen, denn er gab sich ohne ein Wort damit zufrieden, den Sessel zu verrücken. Die Weinreben und der Eichenwald nahmen seine ganze Aufmerksamkeit gefangen, jedenfalls vermittelte er diesen Eindruck, wenn man an ihm vorbeikam. Er erwiderte jeden Gruß, und es störte ihn offenbar kaum, daß man sich mit einem Lächeln in den Mundwinkeln nach seinem Wohlergehen erkundigte. Fast alle hatten an der Suchaktion teilgenommen, und niemand schien ihm etwas nachzutragen. Monsieur Burgaud wachte wieder auf seinem Posten, das Leben folgte wieder seiner beschaulichen Bahn und er selbst der Spur seiner wunderlichen Träumereien.

Großmutter wollte um jeden Preis den Eindruck vermeiden, sie durchsuche gewohnheitsmäßig die Taschen ihres Mannes. Nein, das sei nicht ihre Art. Man müsse jedoch die besonderen Umstände in Betracht ziehen, und allein schon die Erklärungen, die er wie ein Zauberer aus dem Ärmel gezogen habe, seien Grund genug, ihm zu mißtrauen. Dieser Argwohn erwies sich dann übrigens als durchaus gerechtfertigt: Großmutter zeigte Lucie ein kleines rosafarbenes Rechteck aus Pappe, eine Rückfahrkarte mit Datum und Ort, die den Ausreißer eindeutig überführte, doch statt das Unaussprechliche auszusprechen, gab sie es ihrer Tochter zu lesen: Es war ein Fahrschein zur Insel Levant, dem Paradies der Freikörperkultur.

Wir hatten vom Festland aus schon so oft mit dem Finger auf die Insel gezeigt, diese mythische, skandalumwitterte Insel, die als dritte im Bunde östlich von Porquerolles und Port-Cros lag und Gegenstand so vieler heimlicher Sehnsüchte war, daß niemand sich für befugt hielt, den ersten Stein auf Großvater zu werfen. Im Gegenteil, wir waren hingerissen von der Neuigkeit. Wir bewunderten seinen Mut. Gerade bei ihm hätten wir auf alles gefaßt sein müssen: Man denke nur an seinen eigenwilligen Kopf, sein einzelgängerisches Wesen, die Art, wie er die Seinen in der Gegend herumkutschierte! Wenn überhaupt einer, dann kam nur er für einen solchen Abstecher in Frage. Wir stellten uns vor, wie er mit leicht gezierter, scheinbar geistesabwesender Miene die Insel inspizierte und ab und zu einen Zug aus seiner Zigarette nahm, während seine von Falten umrahmten Augen in Wirklichkeit die nackten Frauenleiber, die vielen, so unterschiedlich geformten Brüste und das pralle Fleisch verschlangen; wie er beim Anblick von soviel goldbrauner, nach Sonnencreme duftender Haut schnuppernd die Luft einsog; und wie er auf der Rückfahrt an Bord des Dampfers, während die Insel hinter ihm zurückblieb, die albernen Ausreden einstudierte, die er uns aufzutischen gedachte – von wegen Luftwurzeln und feuerroter Krone! Da hatte er nun wirklich ein bißchen zu dick aufgetragen, fanden wir. Dennoch, seine Eskapade brachte uns zum Träumen. Es war, als hätten wir dem alten Herrn stillschweigend die Vollmacht erteilt, das Defizit seines Lebens auszugleichen. Der von ihm selbst gewiesenen Richtung folgend, malten wir uns sogar aus, wie er, falls er Großmutter überleben sollte, nochmals heiratete, genau wie einer seiner Freunde aus seinen Lehrjahren in Paris, mit dem er sich, zwanzig Jahre alt und ohne einen Sou in der Tasche, als Claqueur verdingt hatte, um kostenlos ins Konzert gehen zu können. Besagter Freund war schon bald zum Witwer geworden und hatte, bereits angejahrt, in zweiter Ehe ein »junges Ding« geheiratet, das sich dann jedoch als gestandene Fünfzigerin entpuppte. Trotzdem, es reichte allemal, um unserem Großvater Flausen in den Kopf zu setzen, für den Fall, daß er mit einem Schlag aus seiner im Jahr 1912 eingegangenen Bindung entlassen würde.

Großmutter wünschte kein Aufhebens wegen dieser Geschichte. Sie schärfte allen ein, nichts weiterzuerzählen und auch dem Hauptakteur zu verschweigen, daß wir Bescheid wußten. Kaum ein Jahr später verstarb unser Großvater, und sein Tod schien im nachhinein zu bestätigen, daß er recht gehabt hatte, die Verwirklichung seines alten Traums von einer Reise nach Kythera nicht länger aufzuschieben; er starb in der Überzeugung, daß er sein Geheimnis mit ins Grab nahm. Eines Abends, daheim in dem kleinen und so vollgestopften Zimmer, daß man das Klavier wegschaffen mußte, damit der Sarg Platz hatte, ließ ihn sein Herz im Stich – o ja, sein Herz, was sonst.

II

Es wurde unserer kleinen Tante kinderleicht gemacht: Man zog die Kanülen aus den ausgemergelten Armen, die neben ihrem Mumienkörper brav auf dem Bettzeug ruhten, entfernte den Schlauch für die Flüssignahrung aus der Nase, und da ließ sich ihr wackeres Herz nicht lange bitten. In drei Sekunden war die Sache geregelt – endgültig. Der kleine weiße Kopf sank zur Seite.

In ähnlichen Fällen erlebt man bisweilen ein wahres Wunder an sturer Beharrlichkeit, wenn sich der Organismus nämlich eigenwillig und gegen alle Erwartung zu einem heiklen Kampf ums Überleben aufrafft, weshalb bis zur Kapitulation oft viel Zeit vergeht – bis zu zwanzig Jahren, dergleichen hat es gegeben –, ein Dahinvegetieren, bei dem sich das Leben in die äußeren Körperbereiche wie Haar, Finger- und Zehennägel zurückzieht. Diese Hartnäckigkeit mag in der Natur unserer Tante gelegen haben, hatte man es doch auch oft gesehen, wie sie sich stundenlang abmühte, ein algebraisches Problem mit Hilfe der Arithmetik zu lösen, wo doch eine Folge richtig aufgestellter Gleichungen die Sache ganz einfach gemacht hätte, aber ihr Ehrgefühl als altgediente Volksschullehrerin ließ nicht zu, sich von übermütigen jungen Köpfen, die glaubten, ihr imponieren zu können, bloß weil sie es bis zum Gymnasiallehrer gebracht hatten, etwas vormachen zu lassen. Zweifellos lag es an dieser Zähigkeit, daß sie auch nach dreiwöchigem Koma noch nicht aufgab.

Für die ganze Gemeinde war sie Tante Marie, und dies stellte gewissermaßen eine lokale Spielart von Titeln wie »Väterchen der Völker« dar. Der Pfarrer von Random, dem sie eine eifrige Gehilfin gewesen war, eröffnete seine Grabrede mit den Worten: »Unsere Tante Marie ist von uns gegangen.« Dieser Tonfall à la Bossuet ärgerte uns ein bißchen; die Trauer war schließlich nicht bei jedermann gleich groß. Übrigens hatte sie nur zwei Neffen gehabt, Papa und seinen Cousin Rémi, die Söhne ihrer Brüder Pierre und Emile. Es war Pierre gewesen, der, ohne sich um Kataster und behördliche Genehmigungen zu kümmern, für sie bei uns im Garten das einstöckige Häuschen hatte bauen lassen. Er hatte diesen Entschluß gefaßt, um seiner Schwester die Plackerei zu ersparen, die ihr die gestrengen Nonnen zumuteten, bei denen sie als Lehrerin untergekommen war. Aber es gehörte auch zu dem Versuch, nach den Verheerungen des Ersten Weltkriegs einen, wenngleich verkleinerten, Familienverband wiederherzustellen.

Falls sie jemals die Absicht gehabt hatte, so war es inzwischen wenig wahrscheinlich geworden, daß sie einen eigenen Hausstand gründete: Die der Schlachterei entronnenen Männer fanden in ihren Augen keine Gnade – oder sie nicht in ihren. Die kleine, aus zwei Zimmern bestehende Einsiedelei war das genaue Abbild ihres Lebens einer Betschwester: eine primitive Küche (Tante Maries einzige Spezialität war eine klebrige, klumpige weiße Soße, und normalerweise reichten ihr drei oder vier Nüsse, um ihren geschrumpften Körper zu ernähren) und ein kaum größeres Schlafzimmer mit einem Bett, einer Kommode, einem Schrank, einem Schreibtisch aus hellem Ulmenholz, der von einem verglasten Bücherschrank überragt wurde, in dem sie ihre Schulbücher und ein paar fromme Werke aufbewahrte, sowie einem Betschemel – diese kärgliche, wertlose Habe wurde nach ihrem Tod auf Rémis Veranlassung von einem Trödler abgeholt.

Nackte weiße Wände betonten noch die pietistische Atmosphäre. Dort hing, was in den Augen unserer Tante die geistliche Dreifaltigkeit darstellte: ein Kruzifix mit einer Jesusfigur, hinter deren Kopf ein am Palmsonntag geweihter und alle Jahre erneuerter Buchsbaumzweig geschoben war (der Buchsbaum in unserem Garten versorgte den gesamten Marktflekken, worauf wir nicht wenig stolz waren) und, gegenüber, zwei imposante Stiche, welche die Madonna von Lourdes und die heilige Theresia von Lisieux darstellten.

Anläßlich der Hundertjahrfeier der Marienerscheinungen von Lourdes war ein großer internationaler Wettbewerb ausgeschrieben worden (mit einer achttägigen Wallfahrt für den Sieger), und unsere kleine Tante hatte ihn mit großem Abstand gewonnen, denn sie wußte, wie groß die Wassermenge des Sturzbachs von Pau war, welches Volumen die Grotte von Massabielle und welche Augenfarbe Bernadette hatte. Von der Reise hatte sie als Preis für ihr überragendes Wissen das Bildnis der Muttergottes mitgebracht, auf dem in Schönschrift ihr Name und

Rang vermerkt waren: Erste unter Millionen von Teilnehmern. Es war wie ein Passierschein fürs Himmelreich.

In der Ecke links unten kniet die kleine Schäferin nahe der Quelle, ihre schäbigen Röcke sind im Gras ausgebreitet, ein Skapulier verhüllt den Kopf, ein Rosenkranz ist zwischen den gefalteten Händen eingeklemmt. Sie hebt das leuchtende Gesicht zu der hochgewachsenen, von einem Nimbus wie aus Silberstaub umgebenen Frauengestalt in Weiß, die ihr vom Fels herab zulächelt, elegant wie ein Mannequin der Haute Couture und mit einer die Taille betonenden, seidig glänzenden Schärpe, deren Enden sich den Schenkeln anschmiegen. Denn trotz ihrer ätherischen Erscheinung verbirgt sich hinter dieser Unbefleckten Empfängnis ein Körper voller Anmut. Um sich das klarzumachen, braucht man den Blick nur von den nackten Füßen, die unter dem Saum des Gewandes hervorschauen (der abschüssige Fels hat dieselbe Wirkung wie Schuhe mit hohen Absätzen), über die langen Beine und die schmalen Hüften zum flachen Busen (die Madonna von Lourdes stillt nicht) und von dort den langen Schwanenhals hinauf zum klaren Quell ihrer Augen wandern zu lassen, die mit dem verzückten Ausdruck reiner Liebe auf das Jesuskind gerichtet sind. Das Mysterium der Fleischwerdung: Siehe, dies ist sein Leib. Die Muttergottes von Lourdes ist von allen die schönste, zumindest von all den Marienbildern, die in den Köpfen kleiner Bauern herumspuken und so schöne Namen hervorgebracht haben wie Unsere Liebe Frau die Nothelferin oder die Huldreiche. Aber auch: heilige Jungfrau von Peinières, von Salette... Sie haben schon vor langer Zeit das Band durchtrennt, das sie mit jener jungen Frau aus Galiläa verband, welche Jungfrau, Mädchen und Mutter in einem war und zu der die Liebe in Gestalt einer Taube kam.

Der Glorienschein von Lourdes ist ein wenig verblaßt, seit die schwarz- und goldgerahmte Frauengestalt an der gegenüberliegenden Wand mächtigen Auftrieb hat: Theresia, kurz nach der Heiligsprechung. Ihr Ansehen ist immens gestiegen, seit sie die Kathedrale von Lisieux 1944 vor den Bombenangriffen bewahrt hat. Eine Kirche, die einsam und allein zwischen Ruinen aufragt, gleichsam ein Vorgeschmack auf die Neutronenbombe, die allerdings auch die umgebenden Häuser verschont hätte. Trotzdem, für damals nicht übel.

Auf Photos hat Thérèse, die Tochter eines Monsieur Martin, einen runden Normannenschädel und Apfelbacken, doch der Künstler, ein Sulpizianer mit Sinn fürs Allgemeingültige, hat dieses Lokalkolorit lieber überpinselt und aus ihr eine hübsche junge Zuckerpuppe gemacht, die ihren legendären Rosenstrauß wie ein Radrennchampion an die Brust drückt. Hinter dem in der Karmeliterinnenhaube steckenden Kopf beschreibt ein Heiligenschein aus matt glänzendem Gold einen makellosen Kreis, dessen Zentrum sich genau in der Stirnmitte befindet. Die Heilige ist in der Halbtotalen dargestellt, der Künstler hat unten etwas von ihrem Körper abgeschnitten, man ahnt, daß ihm die Füße nicht ganz geheuer waren. Dem Gesicht kann man einen lammfrommen Ausdruck geben, die Figur strecken, den Busen abflachen, die Hüften glatthobeln, aber die erotische Ausstrahlung des Spanns ist nicht zu meistern. Derart geliftet und wie von der Schwindsucht genesen, ist die »Kleine Theresia vom Kinde Jesu und vom heiligsten Antlitz« in der richtigen Verfassung, um ihre Wunder zu vollbringen.

Unsere Tante besitzt ein winziges Stückchen Stoff von fünf Millimetern Seitenlänge, das die Gewänder der Heiligen gestreift hat. Mit dieser Wegzehrung ausgerüstet, hat sie sich gelobt, allen bösen Fiebern den Garaus zu machen. Wenn einer von uns dreien krank ist, paßt sie einen Moment ab, in dem Mama gerade mal nicht im Zimmer ist, um uns ihr Stückchen Stoff küssen zu lassen und uns damit einen winzigen Schweißtropfen von der Stirn zu tupfen, in dem angeblich der gesamte böse Geist gefangen ist. Zizou, die Jüngste, macht sich darüber lustig, Nine, die Älteste, begehrt dagegen auf, doch die Mattigkeit, die das Fieber mit sich bringt, gibt unserer Heilkünstlerin freie Hand. Anschließend geht sie zu unserer Mama und versucht sie zu überreden, nochmals unser Fieber zu messen. Mama fertigt sie unwirsch mit dem Hinweis ab, vierzig Grad Fieber würden nicht innerhalb von fünf Minuten zurückgehen. Doch unsere Tante läßt nicht locker: Sie solle doch bloß nicht glauben, ein Stück Stoff, das sozusagen von Theresias Garderobe stamme, sei weniger wirksam als Aspirin.

Die Heilige aus Lisieux stellte die Glorie älterer Heiliger, die als Pfeiler des Glaubens gelten, in den Schatten. Zu ihnen zählten zwar nicht die asketisch-strengen wie Theresia von Avila, Johannes vom

Kreuz, Katharina von Siena und Dominikus, die allesamt in den dunklen Tiefen der Seele nach Erleuchtung gesucht hatten, wohl aber die Heiligen für den Hausgebrauch, die ihre Leistungsfähigkeit schon wer weiß wie oft unter Beweis gestellt hatten: Kornelius, Christophorus, Antonius von Padua, Barbara, Eligius, Iwein, Joseph und natürlich auch Viktor, der Schutzheilige des Städtchens. Unsere Tante hatte ein Verzeichnis angelegt, eine Art *Grand Albert*, wie die auf dem Land weitverbreitete Sammlung esoterischer Heilmethoden hieß. Darin hatte sie säuberlich all die Seligen eingetragen, die künftigen Heiligen mit ihren frommen Gesichtern, nebst einer katalogartigen Einleitung, deren furchteinflößende, alphabetisch geordnete Liste aller Krankheitssymptome dazu einlud, sich jeweils an den auf bestimmte Fälle spezialisierten Heiligen zu wenden. Ein Lebenswerk.

Keiner Kategorie zugeteilt, bot der Heiland sein glorreiches Herz der Welt dar, als wäre es nach Art philippinischer Schamanen aus seiner Brust entfernt worden, ohne daß eine Wunde entstand. Der Sohn Gottes hat sein Hemd geöffnet, um mit dem verschämten Wagemut eines den Busen entblößenden jungen Mädchens das zwischen die Herzlappen gepflanzte Kreuz vorzuzeigen und so seine Passion bis in alle Ewigkeit zu verlängern. Nach dem gepuderten Teint und der Frisur im Stil Ludwigs XIII. zu urteilen, liegt der Schwarze Freitag noch in weiter Ferne. Das Gebet auf der Rückseite des Bildes verspricht jedem, der es liest, ein paar tausend Tage Ablaß. Denn das Herz Jesu kümmert sich in erster Linie um das Seelenheil. Für konkrete Probleme waren andere zuständig: der heilige Mamertus für den Bauch (Schmerzen), der heilige Klarus für den grünen Star, die heilige Lucia für Blindheit, der heilige Friardus für Hornissenstiche, der heilige Similianus für die »angelsächsischen Piraten« (Touristen?), der heilige Franz für Wölfe (d. h. Begegnungen mit einem), der heilige Iwein für die Gerechtigkeit, die heilige Nonna für die Säuglinge, Pater Brottier für die Waisenkinder, die heiligen Donatianus und Rogatianus für ihre Brüder (das gute Verhältnis zu ihnen), die heilige Barbara für die Ehe und der heilige Vio für die Dürre. (Er ließ sich an der unteren Loire im allgemeinen nie lange bitten.) Unter der Rubrik »Schwein« fand man natürlich Antonius, den großen Heiligen mit seinen Versuchungen, doch auch einen gewissen Gourin. In einem tiefen Wald des alten Armorika hatte er einst einem angreifenden Keiler die Worte entgegengeschleudert: »Schweig, Schwein, und gehorche Gourin!« Da hatte die Bestie schlagartig innegehalten und sich ihrem neuen Herrn fügsam zu Füßen gelegt. Seitdem gab man jemandem, der einen allzu übermütigen Eber besaß, den Rat, dreimal die Suhle des Tieres zu umrunden und dabei diese Formel aufzusagen. Unsere Tante war jedoch der Meinung, daß solch ein Unfug auf den Müll gehörte. Es kam vor, daß sie neben den Namen eines Heiligen wie Gourin das Wort »dubios« schrieb. Ihr Anliegen war es nämlich, heidnischen Wunderglauben und christliche Botschaft auseinanderzuhalten. Sie legte Wert darauf, daß Wunder einzig der römisch-katholischen, apostolischen Kirche gutgeschrieben wurden, nicht jedoch irgendwelchen keltischen Götzen mit Namen wie Belen und Gargan. Papa neckte unsere Tante gern, indem er sagte: »Nehmt dem heiligen Michael die Maske ab, und ihr findet Merkur darunter.« Dann hob sie verächtlich die Schultern, aber man sah ihr an, daß diese Verquickungen ihr zu schaffen machten.

Mütter, die zu ihr kamen, um sich mit ihr über die schulischen Leistungen ihrer Töchter zu unterhalten, nutzten die Gelegenheit, das Verzeichnis der Heiligen zu Rate zu ziehen. Man erörterte Diktate, sprach über Probleme im Rechnen, machte ein Zahnweh für schwache Leistungen verantwortlich und brach nach einem an den heiligen Fiakrius gerichteten Bittgebet auf. Den heiligen Kolumban hingegen, den manche Leute anrufen, damit er eher langsamen Geistern einen Schimmer von Intelligenz verleiht, durfte man um nichts bitten, weil unsere Tante sich im wesentlichen auf ihre eigenen, ausgezeichneten Methoden verließ, um solche Mängel zu beheben. Das war der einzige aufklärerische Zug an ihr.

Falls ein Gebet nicht weiterhalf, fügte sie notfalls einen selbstgeschmiedeten Vers hinzu:

Christophorus, du Helfer und Patron,
willst durch den Strom das große Kind du tragen,
gib acht, daß unter solcher Bürde du nicht mußt verzagen,
und uns're Elends Last nicht wird zu schwerer Fron.

Alle kleinen Mädchen aus Random, die bei ihr zur Schule gegangen sind, haben diese Strophe auswendig gelernt und vielleicht später den eigenen Kindern und sogar Enkeln vorgesagt, ohne zu wissen, von wem sie stammte; wahrscheinlich siedelten sie sie in jenem Niemandsland der Volksdichtung an, wo ein Spruch über das Wetter Seite an Seite lebt mit einem Abzählreim beim Versteckspiel oder ein Sprichwort mit einem Reim wie »Heiliger Anton, alter Filou – hör gut zu – und gib zurück – das verlorene Stück.« Unsere Tante, die wie eine Erstkläßlerin errötete, wenn ihr jemand ein Kompliment machte, war zweifellos der Ansicht, daß Demut, für sie die größte Tugend, sich schlecht mit dem Lorbeer literarischen Ruhms verträgt, mag dieser auch örtlich begrenzt sein. Vielleicht steckte dahinter die Furcht, die Glaubenslehre zu schädigen. Durch den Umgang mit Nonnen war sie allmählich zu der Überzeugung gelangt, daß die Sünde bereits in den Randbezirken der Selbstzufriedenheit begann. So wie sie einen Strich unter Liebe, Mutterschaft und die meisten irdischen Vergnügungen gezogen hatte, unterdrückte sie in sich sorgsam jenen Bereich, wo das Leben singt und lacht.

In ihrem Gebetbüchlein finden sich übrigens mehrere Versionen des Christophorus. In einer ist er Fährmann in Pèlerin an der Loire, wo es tatsächlich eine Fähre gibt. Doch der große Strom läßt sich nicht so einfach durchqueren wie das Rote Meer: Der gutmütige Riese bräuchte, um nicht im Sand des Flußbetts steckenzubleiben, Stelzen von zwanzig Meter Länge. Deshalb besinnt sich unsere kleine Tante eines Besseren und macht aus Christophorus den Schutzpatron der Hafenarbeiter (eine diskrete Anpassung an die örtlichen Gegebenheiten, wie unschwer zu erkennen ist) und greift auf diese Weise die alte Legende wieder auf. Jedenfalls schien der Jesusknabe auf den Schultern des Hünen nicht mit ihrer Strenggläubigkeit zu kollidieren. Jedesmal wenn Papa sich ein neues Auto kaufte, wachte sie darüber, daß er die Messingplakette mit dem Konterfei des gutmütigen Riesen, die sich bis dato so gut bewährt hatte, am Armaturenbrett anbrachte. Tatsächlich: Hunderttausende von Kilometern ohne den kleinsten Zusammenstoß! Gut, der Verkehr war noch nicht das, was er heutzutage ist, aber die Straßen auch nicht. Auf den heiligen Christophorus ist also Verlaß.

Antonius von Padua ist historisch verbürgt: In Lissabon geboren und Gefährte des Franz von Assisi, wird er, ein großer Reisender und Prediger, zu den Kirchenvätern gerechnet. Wieso hat er sich zu all dem Gepäck auch noch die Leitung des Fundbüros aufhalsen lassen? Der Wille des Herrn ist unerforschlich. Wie dem auch sei, ohne Antonius' Beistand hätten wir folgende Dinge nicht gefunden: Papas Autoschlüssel in der Wäschetruhe; Nines Taufkettchen im Buchsbaum, draußen im Garten; Großmutters Brille (sie hing an ihrem Hals); die Bohne im Dreikönigskuchen; den Spitzbuben, der in der Kirche die Opferstöcke aufbrach, ein Siebenjähriger, der schwor, es nie wieder zu tun und es trotzdem wieder tat; den Weg, wenn wir uns verliefen. Es berührte unsere Tante peinlich, eine solche Koryphäe als »alten Filou« verunglimpft zu sehen. Sie empfand vor der Mittlerrolle der Heiligen größeren Respekt. So hatte sie ein Gebet in Form eines Vierzeilers verfaßt, das im Gegensatz zum Christophorus den Schoß der Familie nie verließ:

> Heiliger Antonius,
> wenn ich mein Geld mal suchen muß,
> senk die Latern' zu mir,
> auf daß ich fündig werde hier.

Dieses Gebet bewirkte, daß wir uns ausmalten, wie Diogenes mit einer Funzel in der Hand durch die Straßen von Athen lief und so tat, als suchte er einen Menschen, wo er doch in Wahrheit nur ein paar Münzen wiederfinden wollte, die er am Vorabend verloren hatte, als er sternhagelvoll in der Gosse lag. Auf einmal imponierte uns das Bild des souveränen Clochards überhaupt nicht mehr: Diogenes hing an seinen Moneten, weiter nichts.

Was konnte uns schon Böses passieren? Eine brennende Kerze am Altar stellte die Weichen für erfolgreiche Prüfungen, der heilige Joseph wachte über die Familie, Christophorus übers Auto, Theresia über die Gesundheit, Viktor überzog die Gemeinde mit einem Mikroklima der Gnade, und die Muttergottes, allmächtig in ihren zahlreichen Verkörperungen, sorgte für einen schönen Monat Mai, eine üppige Ernte, die Heimkehr der Wehrpflichtigen und unbeschwerte Schwangerschaften; außerdem verabreichte sie tausend Mittel und Gegenmittel, damit man sich unbeschadet durch die Kalamitäten der

Welt mogeln konnte. Nach Tante Maries Tod hatte man unter den diversen Heiligenbildern, die sie in die Lücken der Gartenmauer gestellt hatte, und auch auf der Rückseite der frommen Gemälde in ihrem Schlafzimmer Dutzende von zusammengefalteten Papierchen gefunden. Auf jedem eine Bitte, ein zu erhörender Wunsch. Nicht für sie, sondern für die kleine Welt der Ihren. Bitte laß J. keinen Unfall haben, laß das Geschäft wieder besser gehen, laß N. die dritte Klasse schaffen, laß X. eine Arbeit finden, laß Y. gesund werden, gib Z. einen sanften Tod, überstrahlt von der Gewißheit der Auferstehung. Wenn die Fürbitte nichts fruchtete, war der jeweilige Heilige unter Quarantäne gestellt worden, das heißt mit dem Gesicht zur Mauer, wie ein unartiger Schüler. So kam es, daß der heilige Joseph, ein stämmiger Zimmermann aus Alabaster, der seinen Sohn auf einem Arm trug, am Tag nach Papas Tod das Innere seiner Nische anstarren mußte. Vielleicht war dieses grundsätzliche Versagen ein Fingerzeig, daß die Zeit der Wunder für immer vorbei war. Aber unsere Tante glaubte, daß es sich lediglich um einen Patzer handelte. Sie haderte mit sich selbst, weil sie vergessen hatte, den Spezialheiligen anzurufen, der ein Blutgerinnsel daran hätte hindern können, sich irgendwo zwischen Herz und Hirn festzusetzen. Aber wie hätte man auch wissen sollen, daß eine Seele mit vierzig Jahren auf eine so dumme Weise verstopft werden konnte?

Tante Marie, die Du hoffentlich im Heiligtum der Heiligen weilst, erbarme Dich unser, die wir ohne Deine Kerzen unsere Prüfungen haben bestehen, uns ohne Deine Gebete dem Leben haben stellen müssen und uns nun mit leeren Händen und hängenden Armen durchschlagen, ohne die Kraft und das Vorbild Deines Neffen, unseres Vaters. (Hundert Jahre Ablaß)

Sobald das Wetter nach den kalten Monaten ein wenig milder wurde, ließ sie die Haustür offen, damit das Licht hereinfiel und sie dem Rauschen des Regens lauschen konnte. Es war für sie zu einem Morgenritual geworden, nach dem Frühstück die Brotkrumen auf die Schwelle zu streuen. Eigentlich waren alle Vögel zu dem Schmaus eingeladen, doch das wachsame Rotkehlchen im Birnbaum hielt die Spatzen und Meisen fern und gönnte ihnen nur die Reste. Seine kleine rote Kehle hob und senkte sich vor Zorn, wenn sich ein Eindringling zu weit vorwagen wollte. Auf dem feingeriffelten Rand der Zementschwelle hin und her hüpfend, nahm es seelenruhig und im Vertrauen auf die eigene Kraft seine Mahlzeit ein. »Mein Rotkehlchen«, sagte unsere Tante dann – ein ungewohnter Besitzanspruch für sie, die nichts besaß (und folglich ihr Heim »das Haus in Josephs Garten« nannte).

Sie, die Kindern und Haustieren eine schroffe Zuneigung entgegenbrachte (dem armen Pyrrhus, Rémis Spaniel, bimmelte sie mit einem Glöckchen die Ohren voll, um ihn zum Schweigen zu bringen, wenn er sein Sirenengeheul anstimmte), wußte sich den Vögeln anzugleichen: keine überschwenglichen Liebesbeweise, sondern ein schlichtes, stilles Dasein am Rande, voller Achtung vor dem Revier des anderen – und derselbe zierliche Körper mit dem zwischen die Schultern gezogenen Kopf, die immergleiche mauergraue Kleidung, derselbe Spatzenmagen (wenn unsere Tante sich bei einem Fest oder Geburtstag nach langem Palaver dazu bewegen ließ, einen Likör zu kosten, dann genügte ihr schon ein Fingerhut voll), dieselbe Aufsteh- und Zubettgehzeit, dieselbe scheue Zurückhaltung. Sie erzählte uns, ihr Rotkehlchen traue sich sogar, auf ihrem Küchentisch zu landen, und sie könne sich dort zu schaffen machen, ohne daß es sich stören lasse, im Gegenteil, es zeige sich sogar interessiert und bewege den Kopf ständig hin und her, als fragte es sich beunruhigt nach dem Wie und Warum. Das mußten wir ihr einfach glauben, denn wenn wir da waren, schnappte sich der Vogel die Krumen im Sturzflug und flüchtete sich mit der Beute schleunigst in den Birnbaum. Die Glanznummer war nur für sie beide und ging die anderen nichts an.

Wenn man an dem Gartenhaus vorbeikam, brauchte man nur einen Blick durch die offene Tür zu werfen, um Tante bei ihrer üblichen Tätigkeit zu erblicken. Sie saß entweder am Tisch oder an ihrem Sekretär und war ganz in die Arbeit vertieft – eine Hingabe, die sie bei der nebensächlichsten Verrichtung walten ließ, nur nicht bei der Hausarbeit, die sie husch, husch und mit einer Miene, als wäre das alles nur Zeitverschwendung, hinter sich brachte. Sie nähte, wie sie kochte. Ein Loch zu stopfen bedeutete bei ihr, daß sie die Stoffränder aufeinanderlegte, ein paar Stiche machte und die Naht fest zusammenzog, ein Verfahren, das in ihren Kleidern seltsame Falten hinterließ. Der Donnerstag, an dem die Schulkinder vor ihr Ruhe hatten, war den Mitteilungsblättchen der Pfarrei vorbehalten; sie bereitete sie vor und verteilte sie nachmittags, indem sie von Haus zu Haus ging und an jeder Tür denselben Spruch aufsagte: »Die Post ist da...« Kurze Pause, dann der spöttische Nachklapp: »...vom lieben Gott.« Das war eine Art Losung geworden, und der Empfänger pflegte den zweiten Teil des Satzes gleichzeitig mit der Überbringerin zu sagen. So klapperte unsere Tante also die Türen ab, und wenn sie ihre Worte von Zeit zu Zeit geringfügig abwandelte, dann nur, um ihre Zuhörer nicht zu langweilen. Nichts verpflichtete sie, die Blättchen doppelt zu falten und Banderolen mit den Namen der Adressaten anzubringen, doch es sollte eben wie richtige Post aus dem Himmel aussehen.

Bevor sie am Tisch Platz nahm, streifte sie sich einen alten schwarzen Handschuh über die Rechte, den sie nur zu diesem Anlaß benutzte, um sich beim Falten der Bögen nicht die Finger mit der noch nicht trockenen Tinte zu besudeln. Von präzisen, methodischen Gesten begleitet, verbreitete dieses Origami für Anfänger in der winzigen Küche, in der unsere Tante mit dem Gesicht zur Wand ihres Amtes waltete, eine Atmosphäre der Sammlung, als gönnte die Zeit sich eine Ruhepause, während auf dem Wachstuch im wöchentlichen Wechsel rosa, grüne, gelbe oder blaue Mitteilungsblätter zu Zehnerstapeln (höhere Haufen kippten um) aufeinandergelegt wurden.

Manchmal packte uns die Lust, ihr zu helfen. Dann machte sie uns Platz, und wir vier rückten eng an den drei freien Seiten des Tischs zusammen. Ein Auge auf ihre methodische Arbeit, das andere auf unser eigenes Werk gerichtet, bemühten wir uns, ihre Handbewegungen möglichst getreu nachzuahmen, aber aller Eifer war vergebens, wir spürten nichts von dem gedämpften, durchscheinenden Leuchten, das uns draußen als Beobachter so gefesselt hatte. Es war so ähnlich wie die Spiele, die wir uns mitten in den Ferien als Rettungsanker, als Mittel gegen die Langeweile einfallen ließen und die, kaum begonnen, so weit hinter den Erwartungen zurückblieben. Übrigens mißtraute Tante unserem Enthusiasmus; doch wenn sie sich auch nur mäßig über unsere Hilfsbereitschaft freute, so schmeichelte ihr doch auf jeden Fall das Interesse, das wir ihrer wohltätigen Arbeit entgegenbrachten, der Arbeit einer demütigen Ameise im Dienst der weltweiten Verbreitung des wahren Glaubens. Sie durfte uns drei jungen Rekruten nicht verwehren, sich den Legionen Christi anzuschließen. Außerdem verwehrte sie Josephs Kindern sowieso nie etwas. Doch sie war sich bewußt, daß sie sich auf ein schönes Schlamassel gefaßt machen mußte.

Wir hatten kaum zwanzig Blätter gefaltet, da machte sich bereits eine gewisse Nachlässigkeit bemerkbar. Die vier Ecken, die genau aufeinanderliegen mußten, damit ein tadelloses Rechteck entstand, verrutschten immer mehr. Noch ein paar Exemplare, und schon produzierten wir etwas, das fast wie ein Fächer aussah. Unsere Tante besserte seufzend nach, faltete die Bögen neu, strich mit dem Handschuh über den Knick: Da, so müsse man es machen, es sei doch kein Kunststück, ein Papier zweimal zu falten. Gut, gut, diesmal hätten wir kapiert. Wir machten also mit guten Vorsätzen weiter, doch es dauerte nicht lange, bis die Langeweile wieder die Oberhand gewann. Schon bald wanderten die Ecken erneut querfeldein; noch ein bißchen mehr, und wir waren wieder bei den Fächern angelangt. Als ein Exemplar besonders schief geriet, setzten wir hinter vorgehaltener Hand gekünstelte Unschuldsmienen auf, und das war wie der Tropfen, der das Faß zum Überlaufen bringt. Nun war es um die Selbstbeherrschung unserer Tante geschehen. Sie bekam einen kleinen Wutanfall und wirkte dabei wie ein Spatz, der in seiner Pfütze herumtobt. Empört riß sie uns das Blatt aus der Hand und stampfte mit dem Fuß auf, während sie ihre goldgeränderte Brille zurechtrückte. Falls wir gekommen seien, um ihr doppelt soviel Arbeit zu machen, ziehe sie es vor, sich allein zu behelfen. Laut genug, daß wir es verstehen konnten, fügte sie, beiseite sprechend, hinzu, daran sei sie ja gewöhnt. Durch diesen Vorwurf, in dem das traurige Geheimnis ihres Daseins enthalten war, offenbarte sie das ganze Ausmaß des von ihr geleisteten Verzichts, der ihr den Ruf der Glückseligkeit eingetragen hatte. Dies wurde uns vage klar. Ein Blick auf ihre kärgliche Einrichtung, deren einziges schmückendes Zugeständnis ein Kalender der Post über dem Tisch war, auf ihre graue, gebeugte Gestalt, auf dieses strenge, enge, eintönige Leben reichte, damit wir ein paar Augenblicke lang Reue empfanden und innerlich Besserung gelobten.

Nach dem Falten schnitt Tante weißes Papier in

Streifen, die sie um die Mitteilungsblätter wickelte und mit einem Klecks weißen Leims zusammenklebte. Zum Verstreichen der Paste benutzte sie einen kleinen Plastikspachtel, der allerdings den Druck nicht aushielt und bald zerbrach, woraufhin sie ihn durch Streichhölzer ersetzte, deren hinteres Ende sie zuvor breitklopfte. Da sie nie etwas wegwarf, blieben ihr dieselben Zündhölzer beim Anzünden des Gasherds an den Fingern kleben, und sie mußte sie in höchster Bedrängnis auspusten.

Wenn sie uns bisher noch einigermaßen ertragen hatte, so stand ihr jetzt die schwerste Prüfung bevor – die Vergeudung des weißen Papiers, das sie so mühsam gesammelt hatte. Die Schere in der Hand, sah sie beunruhigt zu, wie wir uns gehenließen und Borten, Girlanden und dann die unvermeidlichen Papierdeckchen ausschnitten: in die Ränder von vier- oder fünfmal gefalteten Bögen wurden so viele Zacken und Zinken geschnipselt, bis kaum etwas übrig blieb, und wenn man das Ganze auseinanderfaltete, sah es wie eine hübsche Spitzendecke aus. Wir waren auf unsere Meisterwerke sehr stolz, und unsere arme Tante zwang sich, uns aufmunternd zuzunicken, während sie uns durch die kunstvollen Löcher in ihrem schönen Papier beklommen anlächelte.

In der Endphase der Operation erwiesen wir uns fast als nützliche Helfer. Unsere Tante schlug ein Heft auf, in dem die Abonnenten verzeichnet waren, gab es uns und ließ uns abwechselnd die langen Kolonnen der Namen so langsam vorlesen, daß sie sie mit der Feder in der eleganten Schrift einer altgedienten Volksschullehrerin, mit dünnen Auf- und fetten Abstrichen, mitschreiben konnte. Sie wurde ein bißchen ärgerlich, wenn wir zu schnell lasen oder übersahen, daß sie hinter den Namen von Herrn oder Frau Soundso den Vermerk »verst.« gesetzt hatte, die Abkürzung von »verstorben«. Der verpatzte Papierstreifen würde ihr später als Schmierzettel dienen.

Diese Übung wirkte beruhigend auf uns. Zwischendurch machten wir uns zwar jedesmal über zwei oder drei ziemlich alberne Namen lustig, doch das Vorlesen dieser Listen war wie ein Vorgeschmack auf den letzten Appell und stimmte uns zwangsläufig ernst. Nach der Nennung eines Namens hörten wir die Feder, die übers Papier kratzte oder im Tintenfaß wie ein Grünspecht tick-tick machte, eine Hand, die übers Löschpapier strich, um die Tinte zu trocknen, einen Seufzer unserer Tante. Den weißen Kopf tief über ihr Werk gebeugt, forderte sie uns mit einem Blick auf weiterzulesen. Dieses Abschreiben von Namen war ihre höchste Wonne.

Nach getaner Arbeit streifte sie am Rand des Fäßchens die Tintenreste von der Feder ab, putzte letztere und wickelte sie in ein Stück Tuch, damit die Spitze nicht gegen das Holz des Kästchens stieß und stumpf wurde.

Von Kugelschreibern wollte sie nichts wissen, wohingegen Papa von ihnen so begeistert war, daß er überall ein Loblied auf sie anstimmte. Für ihn stellten sie eine Art Befreiung dar – dank des Fortschritts wurde wieder einmal das Joch der Knechtschaft abgeschüttelt. Schluß mit den Füllern, die in der Innentasche des Jacketts ausliefen oder die Manschetten besudelten. Handelsvertreter, diese Handlanger der Moderne, schworen auf die neuartige Erfindung. Papa hatte alles versucht, um unsere Tante zu überzeugen, daß dem Kugelschreiber die Zukunft gehöre, daß ihn bald sogar ihre Schüler benutzen würden, schließlich habe man ja auch den Gänsekiel zugunsten der Metallfeder aufgegeben, die im übrigen nichts mehr von einer Feder habe, und man müsse mit der Zeit gehen. Doch unsere kleine Tante, die der Meinung war, ihre Aufgabe erfüllt zu haben, und zwar gut, hatte sich gegenüber den Argumenten ihres Neffen taub gestellt. Die Unbestechliche. Für sie läutete der Kugelschreiber eine Epoche der Dekadenz ein, das Verschwinden der dünnen Auf- und fetten Abstriche, danach auch, das schwante ihr, der korrekten Endungen des Partizips Perfekt, der Zeitenfolge, der Ausnahmen von der Regel, der Zirkumflexe und all der schwindelerregend schönen Verben, die sie ihren Schülern mit Hilfe von Versen und Formeln beibrachte. Der Kugelschreiber, das war das Trojanische Pferd mit den vier apokalyptischen Reitern im Bauch, eine Art endzeitliches Babel, mit dem die Sprache und folglich die Welt untergehen würde. Denn die Sprache war die Ordnung der Schöpfung, also des Göttlichen. Das Los der Menschheit balancierte auf der Spitze einer Schreibfeder Marke Sergent-major.

Im Grunde zweifelte unsere Tante vor allem daran, ob sie und ihr Können überhaupt noch gebraucht wurden. Sie hatte klammheimlich den so einschneidenden Zeitpunkt ihrer Pensionierung um fünf Jahre verschoben, doch am Ende vertrieb man sie aus ihrem Unterschlupf in der Klosterschule, indem man ihr für ein halbes Jahrhundert Lehrtätigkeit eine Verdienstmedaille verlieh. Die heuchlerische Einladung zur eigenen Abdankung im Rahmen einer kleinen Feier, bei der sie unter Zeugen verabschiedet wurde, war ein Manöver, mit dem man sie darauf festlegte, niemals eine Rückkehr zu versuchen. Bürgermeister, Pfarrer, Vikare und Nonnen, die zu diesem besonderen Anlaß Ausgang bekommen hatten; durchreisende Missionare, Honoratioren und fast die gesamte Schar ihrer ehemaligen Schüler – drei Generationen, darunter Frauen, die schon Großmütter waren (Unabkömmliche hatten ein kurzes, öffentlich zu verlesendes Grußwort geschickt); die Flut der Erinnerungen und die Rührung unserer Tante, die wie ein kleines Mädchen nicht wußte, wohin mit den Händen, während sie, klein und zerbrechlich, im Schulhof auf dem eigens errichteten Podium stand, Huldigungen entgegennahm und errötete, wenn eine Amtsperson sie auf die Wangen küßte (man hörte im Lautsprecher das laute Schmatzen der trockenen Lippen), und die sich dann tapfer zu einer improvisierten Ansprache durchrang, bei der sie Worte des Dankes stammelte sowie ihr Bedauern darüber zum Ausdruck brachte, daß sie nun von ihrer ehrenvollen Lebensaufgabe entbunden sei – aber irgendwann müsse man eben der Jugend Platz machen, nicht wahr? Von alledem glaubte sie offensichtlich selbst kein einziges Wort, sondern war überzeugt, daß nach ihr die Sintflut komme, mit Kugelschreibern und grammatikalischen Unstimmigkeiten – doch dann schloß sie ihre

Rede mit einer humoristischen Note, indem sie allen Zuhörern, die das Mitteilungsblatt der Pfarrei abonniert hatten, versicherte, daß sie auch am nächsten Donnerstag wieder Post vom lieben Gott bekommen würden. Das saß: Ich bin noch nicht unter der Erde, verstanden? Keine einzige Träne, obwohl man auf Schluchzen gefaßt war. Mit leicht pikierter Miene und sichtlich verstimmt stieg sie vom Podium.

In der Folgezeit widmete sie sich mit verdoppeltem Eifer ihren kirchlichen Aufgaben und zog sich dadurch den Spott von Mathilde zu, der Witwe ihres Bruders Emile, die sich zum Entsetzen unserer Marie mit der Religion allerlei Freiheiten erlaubte. Die Tante steckte die Hiebe weg und wartete auf ihre Stunde. Beiläufig ließ sie die Bemerkung fallen, die Petunien im Garten ihrer Schwägerin, die ihre Blumenbeete hingebungsvoll pflegte, seien weniger schön und üppig als die des Herrn Pfarrers. Woraufhin Mathilde erwiderte, sie würde sie ja auch nicht mit Weihwasser gießen. Unsere kleine Tante zuckte mit den Schultern und gab ein so verächtliches »Pfff!« von sich, daß die Speicheltröpfchen nur so flogen, und entfernte sich murrend zwischen den Rabatten. Der Zwist der beiden reichte weit zurück, doch man maß solchem Gezänk zwischen alten Damen keine große Bedeutung bei – sie waren, seit ein Mann sie zusammengebracht hatte, der der Bruder der einen und der Ehemann der anderen gewesen war, längst so gut aufeinander eingespielt wie zerstrittene siamesische Zwillinge. Ihre Querelen nahmen wunderliche, gewundene Umwege über liebevolle Gesten. Als unsere Tante einmal nach ein paar Stunden noch immer nicht wieder aufgetaucht war, gab sich Mathilde einen Ruck und ging zu ihrem Häuschen, um ihr einen Rest Suppe anzubieten, den sie sonst wegschütten würde, und indem unsere Tante ihn annahm, konnte sie ihre Ergebenheit unter Beweis stellen. Ein andermal strickte Mathilde ihr kurzerhand einen Schal, mit dem Vorwand, es sei eine Schande für uns, mit was für Lumpen am Leib Marie herumlaufe. Und dann die ewiggleichen Bemerkungen über die Bigotterie ihrer alten Freundin. Dies war ihre Art, nach zwanzig Jahren Bekanntschaft mit der anderen abzurechnen – durch den Vergleich der gespendeten und empfangenen Liebe –, und dazu machte sie bei jeder Zankerei den mittlerweile bis zum Anbeginn der Zeiten zurückreichenden Vorwurf, das Unglück, das sie und ihren Mann ereilt habe, sei ja nicht von ungefähr gekommen, sondern die andere habe dazu auch ihren Teil beigetragen. Genau das sei es, was die Petunien in der Sprache der Blumen zu sagen versuchten.

Unsere Tante wurde von ihren kirchlichen Aufgaben zeitlich derart in Anspruch genommen, daß sie sich besorgt fragte, wer nach ihrem Tod das Werk wohl fortsetzen könnte. Die Antwort war einfach. Nach ihrem Tod wurde ein Stapel der Mitteilungsblätter beim Bäcker ausgelegt, so daß sich jeder bequem bedienen konnte. Das Nachsehen hatten nur jene, die sich bislang die neuesten Mitteilungen aus der Pfarrgemeinde per Post hatten schicken lassen, bisweilen bis ans andere Ende der Welt (zu den Missionen), um zu erfahren, daß am 5. des Monats eine

Messe zum Gedenken an... gelesen werde, daß ein Jahr verstrichen sei, seit..., daß am 7. die Hochzeit des Sohns von X mit der Tochter von Y stattfinde oder daß man das Dahinscheiden von Monsieur Soundso im fünfundsiebzigsten Lebensjahr zu beklagen habe – fromme Wünsche, Gebete, requiescat in pace.

NACH PAPAS TOD machte sich überall Verwahrlosung breit. Mit barbarischer Ungeniertheit schickten sich die Dinge in ihr Los des trägen Verfalls: Unkraut wucherte im Garten, grünes Moos wuchs entlang der Allee, der Buchsbaum wurde nicht gestutzt, die Steinplatten im Hof, auf denen Wasser in fauligen Lachen stand, wurden nicht ausgewechselt, die Ziegelmauer bekam Löcher, allerlei Gegenstände lagen herum und warteten darauf, aufgeräumt zu werden – Flickwerk an allen Ecken und Enden, ein Provisorium für die Ewigkeit. Nichts widersetzte sich mehr dem allmählichen Niedergang.

Einige Tage nach der Beerdigung brachte Julien der Totengräber drei Wertgegenstände ins Haus, die er in der Familiengruft ausgegraben hatte: die beiden Trauringe von Papas Eltern und die goldene Zahnprothese seiner Mutter. Scheu und mit der Unterwürfigkeit eines Ausgestoßenen legte er seinen Schatz auf den Küchentisch. Früher war er Landarbeiter gewesen, was in der ländlichen Hierarchie dem niedrigsten Rang entspricht, ein Handlanger, der im Stall schlafen mußte und durch eine warme Mahlzeit entlohnt wurde. Den Posten eines Gemeindetotengräbers zu erlangen war für ihn eine unerwartete Beförderung, ja, eine Art Ritterschlag gewesen. Er war dank eines Gleichnisses auserkoren worden. Während er seinem Brotgeber das letzte Geleit gab, soll er zum Bürgermeister, der ihn später berief, gesagt haben: »Mit den Toten ist es wie mit der Saat: Man legt sie in die Erde, und alles weitere besorgt der Himmel.« Vielleicht haben die Menschen, die im Vertrauen auf eine Auferstehung ihre Toten begruben, nach Jahrtausenden daraus gelernt, Saatkörner im Boden zu vergraben. Wie dem auch sei, die Anekdote machte die Runde und trug Julien ein gewisses Ansehen ein. Man sagte ihm Tiefgründigkeit nach, wie sie jemandem, der häufig mit Toten zu tun hatte, gut anstand. An Kommentaren fehlte es nicht, und es hieß, durch den Umgang mit der Natur steigere Einsamkeit sich nicht selten zu kosmischen Dimensionen – was einleuchtender klang als die Behauptung, man könne an einem vom Stamm fallenden Apfel die universellen Gesetze der Schwerkraft ablesen. Da in der Gemeinde die Stelle des Totengräbers frei war, boten Bürgermeister und Gemeinderat sie kurzerhand dem arbeitslosen, philosophierenden Tagelöhner an, denn sie waren von diesem Ausbund an Volksweisheit beeindruckt.

In der ersten Zeit glaubte er, man erwarte von ihm mehr solcher Sinnsprüche. Bei jeder Gelegenheit ließ er deshalb die Bemerkung fallen: »Die Steine sind die Knochen der Erde«, doch da er seine schöpferische Ader nicht wiederfand, zog er sich alsbald wohlweislich auf seine eigene, sichere Domäne zurück. Aufgrund seiner Vertrautheit mit den Toten nahm er für sich das Privileg in Anspruch, nicht die Stimme zu senken, während er die bei einer Bestattung erforderlichen Verrichtungen leitete; er übertönte das Gemurmel der Besucher und verlieh so seiner Macht an diesem Ort Ausdruck. Wie ein Kater stolzierte er mit großen Schritten in seinen grünen Gummistiefeln und seiner geflickten, mit Erde beschmutzten blauen Arbeitskluft, die Baskenmütze gleich einem Zirkumflex über die Augen gezogen, von Grab zu Grab. An heißen Tagen dümpelte eine Literflasche Rotwein in einem Eimer voll kaltem Wasser neben dem einzigen Wasserhahn innerhalb der Friedhofsmauer, an den er seine Jacke zu hängen pflegte. Mal stellte er eine vom Wind umgestoßene Blumenvase auf, mal riß er ein Büschel Unkraut heraus, harkte die Erdschicht auf einem Grab, rückte ein Kruzifix wieder ins Lot oder stellte trotz seiner schwieligen, gekrümmten Hände, die sich im Lauf der Zeit dem Schaft seines Spatens angepaßt hatten, mit viel Fingerspitzengefühl einen Blumenstrauß zusammen. Er, der wie ein kleiner Napoleon über die Armee der Schatten herrschte, hätte seinen Toten manchmal nur zu gern die Ohren langgezogen, wäre er nicht Gefahr gelaufen, sie ihnen abzureißen.

Sein großer Tag war Allerheiligen. Dann verkaufte er auf eigene Faust Topfchrysanthemen, die er vor dem eisernen Tor am Eingang des Friedhofs auf einem aus drei Brettern und zwei Holzböcken bestehenden Marktstand feilbot. Sein Sohn Yvon, der übrigens gar nicht sein Sohn war, ging ihm dabei zur Hand. Julien gefiel sich in der Rolle des Geschäftsmannes. Kaum fanden sich mal drei Kunden gleichzeitig ein, pendelte er wie ein Domestik aus einer Komödie von einem zum anderen, hielt sich dabei stets gebeugt, stuppte mit dem Daumen unablässig die Baskenmütze aus der Stirn und mimte den überlasteten Händler, der sich nicht einmal Zeit zum Verschnaufen gönnte. Dies tat er nicht zuletzt, um Klarheit in seinem Kopf zu schaffen und vor Abschluß eines Handels ein wenig Bedenkzeit herauszuschinden, denn mit Zahlen tat er sich etwas schwer. Um sich die Sache zu erleichtern, rundete er seine Preise auf einen glatten Betrag auf oder ab, so daß man über die Jahre einen guten Schnitt machte, wenn man statt einer Pflanze mit drei Blütenköpfen eine mit vieren erstand. Aus der Gesäßtasche seiner Hose, die ihm im Schritt bis zu den Knien hing, zog er eine dicke, lederne Brieftasche, in die er mit der Routiniertheit eines Pferdehändlers die Scheine stopfte. Yvon begnügte sich mit einer Attrappe aus Pappe, einer leeren Zuckerschachtel der Marke Chantenay, gefaltet und noch mal gefaltet, so daß sie zwei Fächer bildete, eines für die Scheine, das andere für die Münzen. Mathilde, bei der er jede Woche ein paar Stunden im Garten arbeitete, hatte ihm zwar eine ausgediente, auf Hochglanz polierte und wie neu aussehende Brieftasche ihres Sohns Rémi geschenkt, doch bereits am nächsten Zahltag holte er wieder sein ausgetüfteltes Faltwerk hervor, das er als eigene Erfindung und Beweis eines findigen Geistes betrachtete. In der Tat war er eher dem Homo habilis denn dem Sapiens sapiens verwandt: Man wußte nicht, ob er der Sohn seines Onkels oder seines Großvaters war, aber die pharaonenhafte Abstammung hatte ganz offensichtlich ihre Spuren hinterlassen. Sein Stiefvater schickte ihn los, damit er die Chrysanthementöpfe auslieferte, die nicht für den Friedhof von Random bestimmt waren. Yvon packte eine Lattenkiste voll, schnallte sie, so gut es ging, auf den Gepäckträger seines Fahrrads, schwang sich in den Sattel, drehte den Schirm der Mütze in den Nacken, fuhr mit Karacho durch die Ortschaft und rief immer wieder: »Na los, Bobet!«

Alle machten sich über ihn lustig. Schon als Kind war er der Prügelknabe seiner Klassenkameraden gewesen, die sich einen Spaß daraus machten, ihn nach der Schule an die Mauer des alten »Höllenturms«, dem bröckeligen Überbleibsel der mittelalterlichen Stadtmauer, zu drängen und mit Steinen zu bewerfen. Im Unterricht genoß er dank der Wachsamkeit des Lehrers eine Art Schonzeit, wenngleich er ständig als negatives Beispiel herhalten mußte. Auch in den Pausen erging es ihm nicht allzu schlecht, es sei denn, es regnete: Dann trampelten nämlich alle in die Pfützen, um ihn mit dem schlammigen Wasser vollzuspritzen. Sein wahres Martyrium begann jedoch mit Schulschluß um fünf Uhr, wenn alles wie wild nach draußen stürmte. Er stellte sich am Fuß des Turms auf und wartete auf den Beginn der Steinigung, während deren er hinter seinem Schulranzen in Deckung ging, indem er ihn sich wie ein Schild vor das Gesicht hielt. Es hagelte Steine, und sie prallten mit dumpfem Geräusch an seinem dürftigen Schutzschild ab. Zwischen zwei Ausweichmanövern brachte er immerhin noch den Mut auf, seinen Widersachern die Stirn zu bieten und sie zu beschimpfen. Sein Lieblingsfluch war ein lautmalerischer Ausdruck in Mundart, der immer dann als Spitzname für ihn hergenommen wurde, wenn es ihm besonders schlimm erging. Traf ihn ein Stein am Bein, führte er einen Tanz wie ein Indianer auf. Manchmal krümmte er sich auch und stieß ein Geheul aus, das seine Peiniger jedoch nicht etwa mild stimmte, sondern nur allgemeines Gelächter auslöste. Es fand sich niemand, der den Blitz von ihm, diesem idealen Blitzableiter, abgewendet hätte.

Auch in anderer Hinsicht lernte Yvon das Unglück in allen möglichen Spielarten kennen. Bereits im Alter von fünfzehn Jahren sah er wie im Delirium tremens Eidechsen und viele andere Phantasiegeschöpfe die Wände hochklettern, die durchaus echten Ratten, die unter seinem Bett herumliefen, nicht zu vergessen. Nach Juliens Tod fand sich nicht ein einziges sauberes Laken in dem Haus mit dem Fußboden aus gestampfter Erde. Yvon trat Juliens Nachfolge an. Er plusterte sich ein bißchen zu sehr auf, und die Frauen, die ihm begegneten, hielten ihn für einen Lüstling, weil er ihnen Blicke zuwarf, die ihrer Ansicht nach tückisch und zudem voller Begierde waren. Armer Yvon, vor ihm nahmen sie alle Reißaus. Eines Tages fand man ihn im Straßengraben, tot, Leberzirrhose im Endstadium; er lag neben seinem Fahrrad, seinem treuen Lebensgefährten. Vielleicht hatte ihn ein Auto überfahren und das Werk vollendet, das einst nach Schulschluß begonnen hatte. Die Gendarmerie legte den Fall rasch zu den Akten, und niemand erhob dagegen Einspruch. Alle stimmten darin überein, daß ein solches Ende das Beste war, was ihm passieren konnte. Yvon, mit neunundzwanzig gestorben, einsam wie ein Hund – ein Lebenslauf für den Grabstein!

Er begleitete seinen Vater Julien, als dieser Alines goldenes Gebiß und die beiden Trauringe ablieferte. Nachdem sie ihre Beute auf den Tisch gelegt hatten, wichen sie einen Schritt zurück und standen nun im Kücheneingang, in Erwartung einer Kleinigkeit mehr als nur eines Dankeschöns. Mama steckte jedem eine Münze zu. Dem Vater gab sie eine extra und dann noch ein bißchen was obendrein, damit er – wie sie bestimmte – Yvon dafür ein paar Leckereien kaufte. Als die beiden noch immer keine Anstalten machten, sich zu trollen, fiel ihr ein, daß sie das Wesentliche vergessen hatte. Sie entschuldigte sich mit den Worten, sie habe den Kopf zur Zeit ganz woanders, und dabei sprach aus ihren vor lauter Kummer erloschenen Augen, diesen zerbrechlichen Spiegeln eines ruhenden Gewässers, einen Moment lang ein Zaudern. Verlegen stammelte Julien etwas, das wie eine Kondolenz klingen sollte, eine einstudierte Floskel, durch die er sich aus seiner Mittelmäßigkeit herauszuheben suchte, und schickte sich an zu gehen. Mama insistierte jedoch: Zu einem Gläschen Wein würde er doch nicht nein sagen? Der Höflichkeit halber zögerte er kurz, denn er wollte sie nicht noch länger stören, aber schließlich willigte er ein. – Und für seinen Sohn? – Oh, dasselbe, er sei daran gewöhnt, vor einem Gläschen Wein habe er keine Angst. An der Art, wie Yvon nickte – an seiner Stirn klebte eine schmierige Haarsträhne –, war zu erkennen, daß er tatsächlich keine Angst hatte. Erschrocken bot ihm Mama dennoch Pfefferminzsirup an, den gewöhnlich wir Kinder tranken. Ob ihm der nicht lieber sei? Yvon wurde rot, hielt den Kopf gesenkt und gab keine Antwort. Nein, nein, keine Umstände bitte, dasselbe wie für seinen Vater, sagte der Vater.

Mama fackelte nicht lange: Es gab Pfefferminzsirup für alle. Ihr war nämlich erst jetzt eingefallen, daß sie keinen Wein im Haus hatte, da in unserer Familie alle Wassertrinker waren: Wein wurde nur für besondere Anlässe – und Gäste – gekauft.

Als Mama Juliens Sirup mit Wasser aufgießen wollte, hielt er sie zurück, als wollte sie ihm einen Pastis mit Wasser verderben. Für ihn war so ein Getränk ohnehin eine Ungeheuerlichkeit. Nur der Kummer der jungen Witwe hatte ihn davon abgehalten, sich zu drücken. Er kostete einen Schluck, schnalzte mit der Zunge und verkündete, es schmecke gar nicht schlecht. Ein überaus flüchtiger Sinneswandel: Auch er sollte seiner Leber zum Opfer fallen.

Das Glas in einer Hand, die andere in die Hüfte gestemmt, nahm Yvon die Pose seines Vaters ein und stand wie er breitbeinig in seinen Gummistiefeln da, deren Geruch allmählich den Raum füllte. Um das Schweigen zu brechen, lobte Mama den Totengräber wegen seiner Aufrichtigkeit. Andere an seiner Stelle hätten vermutlich keine Skrupel gehabt, meinte sie.

So konnte man es sehen. Natürlich konnte man es auch anders sehen und sich ausmalen, wie sich Julien, um die Unterschlagung zu verschleiern, in seiner elenden Behausung klammheimlich daran machte, das Gold einzuschmelzen und den kleinen Barren beim Schmuckhändler an der Ecke – das war

Rémi, sein Laden grenzte an unser Haus – zu verhökern. Da war es für den philosophierenden Totengräber und Gärtner doch ganz offensichtlich bequemer, sich mit einem Trinkgeld und einem Glas Wein abfinden zu lassen.

Nachdem er gegangen war, wurde der Fund auf die Anrichte zu den Gegenständen und Papieren gelegt, die darauf warteten, aufgeräumt oder ausrangiert zu werden. Ein kunterbuntes Gebirge, das jedesmal in sich zusammenfiel, wenn man das eine oder andere Stück herauszuziehen versuchte. Eine Obstschale aus angeschlagener Keramik, ein gewollt modernes Prunkstück im Stil der Tachisten, war im Innern des Sammelsuriums bereits verschwunden. Die wenigen Nüsse, die einzigen Früchte, die die Schale je in ihrer Mulde aufgenommen hatte und die als schmückendes Füllsel am Tag ihrer Inthronisierung auf der Anrichte in sie hineingelegt worden waren, wurden Jahre später im Sommer zutage gefördert, als John, der sich auf der Durchreise befand, andeutete, er pflege seine Mahlzeiten mit einer Handvoll getrockneter Früchte abzurunden. Da erinnerte sich jemand an die Nüsse, auf die er beim letzten »Erdrutsch« einen Blick erhascht haben mochte. An sie heranzukommen hatte etwas von der Arbeit eines Archäologen, doch tatsächlich, sie lagen noch immer auf dem Grund der Schale; hell, sauber, wie ausgebleicht, hatten sie der Zeit getrotzt. Die Ernüchterung ließ nicht auf sich warten: das Innere war zu Staub zerfallen, und die wenigen verbleibenden Mandeln waren so trocken und verschrumpelt, daß wir uns wie Grabschänder vorkamen, die sich gierig über die Wegzehrung der Toten für ihre lange Reise hermachten.

Benötigte man eine Schraube, eine Mutter, eine Tube Klebstoff, eine Rasierklinge, eine Uhrfeder, eine Murmel, eine Nadel, einen Stift, eine Büroklammer, ein Plättchen mit einem Loch in der Mitte (als Unterlegscheibe) oder den winzigen Schraubenzieher des Uhrmachers, mit dem wir die Bügel unserer Brillen festzogen, brauchte man nur in der ökologischen Nische zwischen dem wuchtigen Büffet und dem darüber befindlichen Schrank zu wühlen und nach der ovalen Glasschale zu suchen; sie hatte den kleinen weißen Mandarinenten mit den granatfarbenen Schnäbeln, die wir unerklärlicherweise eine nach der anderen im hinteren Teil des Verschlags tot aufgefunden hatten, einst als Planschbecken gedient. In dieser Bade-Butterschale wurden also allerlei Dinge abgelegt, mit dem Hintergedanken, daß sie eines Tages vielleicht wieder Verwendung finden könnten. Das Gebiß landete ebenfalls darin. Seine Laufbahn als Zahnprothese war mit Sicherheit abgeschlossen, doch da es Mode war, aus einem Signalhorn eine Nachttischlampe oder aus einem Joch einen Kronleuchter zu machen, durfte man durchaus auf eine künftige Wiederverwertung hoffen.

Anfangs erschraken wir bei der Vorstellung, daß sich ein derart monströses Gebilde einmal im Mund eines Menschen befunden hatte. Es ähnelte eher einem Folterwerkzeug und stellte für uns so etwas wie eine Geburtszange für das gesprochene Wort dar. Aus massivem Gold gearbeitet (Zähne samt Zahnfleisch und Gaumenplatte), war es schwer, klobig, vorsintflutlich. Wäre dieses Ding bei Ausgrabungen zutage gefördert worden, hätte man es bestimmt den skythischen Goldschmieden oder den Ärzten der XVIII. Dynastie des alten Ägypten zugeordnet. Doch wenngleich es im Mund der Königin Hatschepsut vielleicht entzückend ausgesehen hätte, fragten wir uns dennoch beunruhigt, ob sich unsere Großmutter mit diesem Goldmund wohl gefühlt hatte.

Die dralle Aline gehörte wirklich nicht zu den Menschen, die sich beklagten. Dabei hatte sie in ihrem Leben eine ganze Abfolge von Tragödien erlebt, besser gesagt immer wieder eine Neuauflage derselben Tragödie, denn alle ihre Kinder wurden tot geboren, bis auf Joseph, unseren Vater, diesen wundersamen Nachzügler, der aber ein Gefühl für die Zerbrechlichkeit der menschlichen Existenz bewahrt haben mußte, denn trotz kräftigen, hohen Wuchses war er nicht älter als vierzig geworden.

Aline umgab nach all den Prüfungen eine Aura der Traurigkeit, die jedem auffiel, der näher mit ihr zu tun hatte; es war eine Traurigkeit, die durch die Sanftheit ihrer Stimme noch verstärkt wurde. Ach ja, ihre Stimme! Alle waren sich einig: Kaum erklang sie aus Alines goldenem Mund, vergaß man darüber ihre üppigen Formen, den allzu kräftig gebauten Körper, den die Unglückliche zwischen den Regalen des Ladens mit der gewollten Behendigkeit eines Menschen hin und her bewegte, der, sofern er zu den Empfindsameren zählt, in der ständigen Angst lebt, daß sein fülliger Leib zuviel Platz in Anspruch nimmt.

Das Gebiß entsprach Großmutters Maßen. Es

ragte aus der Butterschale, dem ehemaligen Planschbecken, heraus und war daran schuld, daß die Schrauben, Bolzen und Gummiringe in so drangvoller Enge beieinanderliegen mußten. Bei der geringsten Erschütterung der Anrichte fand man sie über den grauen Linoleumboden der Küche verstreut, wie nackte Vogeljunge, die ein schmarotzender Kuckuck rücksichtslos aus dem Nest geworfen hat. Dagegen mußte etwas unternommen werden. Die Vorderkante der Anrichte wurde freigeräumt und das schwere Gebiß als Stütze an diese Stelle gelegt, damit es durch seine Masse einen Erdrutsch am Fuß des aufgeschütteten Gebirges verhinderte.

Schon bald schenkten wir dem Gebiß keine Beachtung mehr. Lediglich die beunruhigten Blicke eines Gastes erinnerten uns manchmal noch daran, wie fehl am Platz es eigentlich war. Irgendwann kamen wir ganz nebenbei darauf, daß es als Briefbeschwerer taugte. Papiere oder überfällige Rechnungen wurden eine Zeitlang gut sichtbar unter den mächtigen goldenen Kiefer geklemmt. Ohne uns im geringsten von dem Anblick stören oder beeindrukken zu lassen, nahmen wir gleich daneben die Mahlzeiten ein.

DIESE NACH-MIR-DIE-SINTFLUT- und Alles-geht-den-Bach-runter-Mentalität! Unser negentropischer Vater hätte zu seinen Lebzeiten nie zugelassen, daß ein Tor oder eine Haustür verrottete. Seinem wachsamen Auge war es zu verdanken gewesen, daß nirgends ein Spalt klaffte, Farbe abblätterte, ein Dach leckte oder ein Rohr tropfte. Wäre ihm Venedig anvertraut worden, hätte er die Serenissima vor den Fluten gerettet, indem er Fassaden zementiert, Holztäfelungen mit Resopal abgedeckt, Kanäle trockengelegt und Gondeln auf Schienen erfunden hätte – aber Venedig wäre gerettet worden. Für unseren Garten hatte er ein Projekt im Stil des Grand Siècle – Felsen, Kaskaden und mit Blumen bepflanzte Nischen – ins Auge gefaßt. Unsere kleine Tante regte sich schon allein wegen des Platzes auf, den er für Statuen reserviert hatte. Von dieser verschrobenen Idee zeugen eine Kreidezeichnung auf einem Stück Papier sowie einige aus dem Herzen der Bretagne im Kofferraum mitgebrachte Granitbrocken, die, nach dem Ausladen an der hinteren Mauer übereinandergestapelt, schon bald vom Unkraut überwuchert waren.

Solche herkulisch anmutenden Aktionen verstellten den Blick auf die Krönung seiner Restaurierungsarbeiten, die in der liebevollen Reparatur von Puppen bestand, und nicht etwa nur der seiner Töchter, sondern auch, da sich sein Ruf zunehmend verbreitete, aller kleinen Mädchen der Gegend, die hoffnungsvoll ihre einäugigen oder -armigen Zelluloidbabys zu ihm brachten. Er stattete sie mit den fehlenden Gliedmaßen aus. Zu diesem Zweck hatte er in seiner Werkstatt zwischen all den mit Nägeln gefüllten Schachteln eine Kollektion von Teilen ausgedienter Puppen angelegt – Augen, Köpfe, Arme, Beine, die reinste Reliquiensammlung. Nicht selten verließen die Puppen sein Atelier mit zwei verschiedenfarbigen Augen, ungleich langen Beinen oder einem Bein, das von einem dunkleren Rosa oder aber dicker war als das andere, doch die kleinen Mädchen schienen den Unterschied nicht zu bemerken.

Die vom Vater unseres Vaters gebaute Garage im hinteren Teil des Gartens hatte zur Straße hin ein Eisentor, was seinerzeit eine Kühnheit gewesen war. Das Vorbild eines Eiffel und der Ruhm der Wendels hatten bei Pierres Entscheidung bestimmt Pate gestanden. Aus Angst, den Anschluß an die Moderne zu verpassen, hatte er sich davon überzeugen lassen, daß Eisen haltbarer als andere Materialien ist und sein Haus wie ein Schutzpanzer besser vor den Attacken der Witterung bewahren würde.

Die Instandhaltung ließ allerdings zu wünschen übrig – das Tor hätte alle drei Jahre abgekratzt und neu gestrichen werden müssen –, und so hatte der Rost leichtes Spiel. Zuerst entstanden um die Nieten herum kleine ockerfarbene Atolle, die sich allmählich ausweiteten, bis sie große Inseln und schließlich Kontinente bildeten und die grüne Erdkarte des Tors wie Korallenriffe überwucherten. Am Ende erinnerten nur noch einige wenige Flecken an die pompejanische Farbenpracht von einst. Mit bloßem Fingerdruck konnte man Gucklöcher in das Blech bohren. Rostige, zerfressene Metallblättchen platzten ab wie Borke von einer Platane. Kurz bevor das Tor ausgewechselt wurde, stellte es eine solche Gefahr dar, daß man uns verbot, in seine Nähe zu kommen. Nicht nur, daß man sich einen Eisensplitter einreißen und Wundstarrkrampf holen konnte, nein, man riskierte auch, von den schweren Platten erschlagen oder von einer Sprosse, deren Schweißnaht gebrochen war, durchbohrt zu werden. Große Pakete wurden nur noch durch den Garten unseres Nachbarn Rémi zum Haus befördert, sehr zur Freude der Schwalben, die unter den Dachbalken der Garage Nester gebaut hatten und, da sie nicht mehr gestört wurden, in dem aufgelassenen Schuppen zwitschernd ihre Kreise zogen.

Das Tor war schon immer schwer zu handhaben gewesen. Es faltete sich wie ein Wandschirm, und beim Schließen war es ratsam, zu zweit oder, wenn sich niemand fand, zumindest so groß und stark zu sein wie der Mann, der vor kurzem für immer von uns gegangen war. Der Dreh bestand darin, die faltbaren Flügel erst nach innen zu ziehen und dann die Stäbe, mit denen sie im Boden und in der Decke verankert wurden, einrasten zu lassen. Doch irgendwann ermüdete der gestreckte Arm, der die schweren, zwei Meter fünfzig hohen Platten festhielt, das Blut floß aus der Hand, und nicht selten fiel ein Rostpartikel herunter und nistete sich im Auge ein, während man in dem gewaltigen Querbalken an der Decke die Löcher für die Riegel anvisierte. Dann ließ man alles los, um sich das Auge zu reiben, und ein Gefühl von ohnmächtiger Wut und Verzweiflung, weil man es ja nie schaffen würde, durchströmte einen. Die Sache mit dem Tor, die uns zu Papas Lebzeiten wie ein Kinderspiel vorgekommen war und die er mit der furchterregenden Kraft bewältigte, über die Väter nun einmal verfügen, lehrte uns nach seinem Tod, daß unser Lebensweg fortan mit allerlei Tücken gepflastert sein würde, für die wir die Härte und das Durchsetzungsvermögen eines Eisbrechers bräuchten, doch eben die hatten wir nicht. Wir konnten nur heulen wie kleine traurige Robinsons, die es auf ein Inselreich der Finsternis verschlagen hatte.

Das Holztor der Garage auf der Gartenseite wäre irgendwann in sich zusammengefallen wie der langsam verrottende Bug eines Schiffes, das auf eine von grünen Algen überwachsene Küste aufgelaufen ist: schuld daran war das Zusammenspiel des atlantischen Dauerregens und der Tatsache, daß das Tor ständig mit Fußbällen bombardiert wurde, die mit dumpfem Knall dagegenflogen und die alten Planken erbeben ließen. Anfangs war mehrmals ein lautes Knacken zu hören, dann tauchten die ersten Risse auf, und eines Tages durchbrach der Ball in einem Splitterhagel das Tor, sauste quer durch die Garage und donnerte gegen das Blechtor. Mit den Jahren hingen die Bretter immer schiefer in den Beschlägen, lösten sich schließlich und fielen ins Gras, wo sie wie Mikadostäbe nach einem achtlosen Wurf liegenblieben.

Ein paar Jahre nach dem Krieg hatte es einen jungen Mann ohne einen Sou in der Tasche in unsere Gegend verschlagen. Er wirkte so hilfsbedürftig, daß Papa ihm die Garage als Atelier für seine Malerei überließ, Pinsel zum Malen gab und Arbeiten verschaffte, mit denen er sich seinen Lebensunterhalt verdienen konnte. Zu seiner Verlobung hatte der junge Mann innen auf einen Torflügel, den er gleichsam als riesengroße Palette zum Ausprobieren der Farben benützte, in goldenen Lettern den Vornamen seiner Braut gemalt. Später hatte er die Inschrift, vielleicht nach einem Streit, schamhaft mit einem schwarzen Rechteck übermalt, und irgendwann war sie in Vergessenheit geraten. Jetzt, nachdem die alten Planken vom Regen gewaschen und abermals gewaschen worden waren, kam sie langsam wieder zum Vorschein wie ein Miniatur-Troja der Liebe bei einer Ausgrabung.

Unsere kleine Tante hätte diese Verwahrlosung und Verwilderung des Anwesens nicht geduldet. Um die vom Wetter angerichteten Verheerungen einzudämmen, hätte sie ebensoviel Tatkraft aufgebracht wie beim Aufwischen der unzähligen Liter Wasser, die ihr Häuschen eines Tages nach einem Rohrbruch unter der Spüle fast in ein Schwimmbecken verwandelt hätten. Die ganze Nacht hindurch hatte sie so tapfer gekämpft wie die Ziege von Monsieur Séguin in Daudets Geschichte; mit den Füßen im Wasser stehend, hatte sie ganz allein geschöpft, mit einem Scheuertuch aufgewischt, das Tuch immer wieder ausgewrungen und einen Eimer Wasser nach dem anderen ausgekippt, denn getreu ihrer Gewohnheit wollte sie niemanden behelligen und nur denjenigen um Hilfe bitten, der in ihrem Heiligenverzeichnis unter der Rubrik »Wasserschäden« ganz oben eingetragen war. Am nächsten Tag sagte sie erschöpft zu uns, daß sich Joseph nach seiner Rückkehr bestimmt nützlich machen könne, denn es sei zu befürchten, daß ihr Verband aus Putzlumpen an der Bruchstelle nicht allzulange halten würde. Joseph, der herbeigeholt wurde, um das Ausmaß der Katastrophe zu begutachten, brachte seine Bewunderung über die Zähigkeit und Improvisationsgabe der Tante zum Ausdruck, die sich daraufhin wie im siebten Himmel fühlte. Bei anderen Gelegenheiten jedoch, und dies war der Grund für ihre lang andauernden Schmollphasen, spottete er über ihre Marotte, alles aufzubewahren: Er hatte irgendeinen Gegenstand, den er weggeworfen hatte, auf dem Dachboden ihres Hauses wiedergefunden. Auch hatte sie sich in den Kopf gesetzt, die tausend Scherben der kleinen Gipsstatue der heiligen Anna wieder zusammenzukleben, die unter mysteriösen Umständen von ihrem Sockel gestürzt war (ein nicht erhörter Wunsch oder der Zorn des Himmels?), ein dreidimensionales Puzzle, das sie ganze Abende lang beschäftigte und dennoch nur ein mittelmäßiges Ergebnis erbrachte: eine arme, von Narben zerfurchte Anna, die die Operationen und Organverpflanzungen nur schlecht überstanden hatte, aus deren Wunden Leim quoll und die neben ihrem alabasternen Schwiegersohn, dem Zimmermann, schlechte Figur machte. Aber ein Abbild der Mutter der Jungfrau Maria, die das Jesuskind einst mit »Großmutter« angesprochen hatte, warf man doch nicht einfach weg wie eine Handvoll Bauschutt!

Unsere kleine Tante hätte sich ohne zu überlegen in Unkosten gestürzt, um zu verhindern, daß der Garten endgültig vergammelte, und sei es mit Klebstoff aus der Tube, notdürftigen Heftpflastern und Anrufungen des Himmels. Sie hätte es als ihre Pflicht erachtet, das Werk des verstorbenen Neffen fortzuführen. Ja, sie hätte es ihm zum Gedächtnis getan.

Doch dann war sie die erste, die das Handtuch warf. An Silvester kam sie noch einmal vorbei und brachte das Fest wie einen letzten Meilenstein hinter sich, den zu passieren man sich vornimmt, um sich anschließend ein wenig Erholung zu gönnen. Als dieses Kap glücklich umschifft war, wurde sie am Morgen des 2. Januar als vermißt gemeldet.

Es war schon fast Mittag, und sie hatte noch immer kein Lebenszeichen von sich gegeben. Das war nicht ihre Art. Auch wenn sie auf ihre Unabhängigkeit großen Wert legte, so fürchtete sie die Einsamkeit doch viel zu sehr, als daß sie sich einen ganzen Vormittag lang in ihrem Häuschen verkrochen hätte, ohne daß die eine oder andere Besorgung sie nach draußen führte. Um den Garten zu verlassen, gab es für sie zwei Möglichkeiten: Entweder ging sie durch unser Haus oder durch das von Rémi. Danach brauchte sie nur noch die Straße zu überqueren, schon war sie in der Kirche, wo sie es sich seit ihrer Pensionierung angelegen sein ließ, alles im Geist von Cluny umzugestalten. Zugleich legte sie Wert auf den Nachweis, daß sie auch anderes zu tun hatte. Wenn sie im Gang auftauchte, erläuterte sie jedesmal, was sie vorhatte. In höchster Eile steckte sie ihren mageren, runzeligen Hals kurz zur Küchentür herein und verkündete ohne stehenzubleiben mit ihrem zitterigen Stimmchen: »Ich gehe Butter kaufen«, oder: »Der Herr Pfarrer ruft mich«, oder: »Falls ich gebraucht werde, ich bin bei der Tochter von Familie Soundso.« Oft ist noch niemand in der Küche. Dann hören wir bis hinauf in den ersten Stock, wie sie ihre Mission in den leeren Raum hineinruft, wo auf dem Tisch die Schalen für den Frühstückskaffee auf uns warten. Durch unsere Abwesenheit läßt sie sich nicht verdrießen. Sie zieht ihren Kopf ein, bis er wieder zwischen den Schultern sitzt – und dann vorwärts, o Herr, denn Dein ist das Reich und die Kraft und die Herrlichkeit.

So geht es bis zum Abend, an dem sie vor dem Schlafengehen noch eine Pflicht zu erfüllen hat, die man mit einem Kreuzweg vergleichen könnte – allerdings braucht sie sich nicht von der Stelle zu rühren dabei. Auf dem Betstuhl aus stark nachgedunkeltem Holz kniend, die Arme ausgebreitet in der Pose einer Stigmatisierten, deren wie von Laserstrahlen durchbohrte Hände mit der Innenseite dem Himmel zugekehrt sind, betet sie murmelnd und ohne Pause unzählige Male den Rosenkranz herunter. Das Kissen ihres Betstuhls weist gleichsam die Wundmale ihrer langen Sitzungen auf. Jegliche Farbe ist aus ihm gewichen, und der Stoff ist dermaßen verschlissen, daß die Füllung einen in die Haut piekst. Die Lehne befindet sich in einem besseren Zustand, denn der grüne Samt ist lediglich an der Stelle, auf die sie ihr Gebetbuch legt, ein wenig abgewetzt. Sie stützt sich nämlich nie darauf. Sie vergräbt das Gesicht beim Beten auch nicht in den Händen wie in der Kirche, wo sie mit solcherart ausgebreiteten Armen für sich allein den Platz von drei Personen beanspruchen und ihren Nachbarn womöglich eine Ohrfeige verpassen würde. In ihren eigenen vier Wänden wäre dies ein Ausdruck des Sichgehenlassens, der Nachlässigkeit und folglich keineswegs dessen würdig, der für sie und den Rest der Menschheit um der Sühne ihrer Sünden willen soviel gelitten hat – vor allem für die

Sünden der restlichen Menschheit, denn die unserer Tante wären für ihn gewiß nicht Grund genug gewesen, sich ans Kreuz schlagen zu lassen.

Sie neigt den Kopf zur Seite, wie es ihre Art ist, wenn sie andächtig etwas ißt oder wenn jemand sie photographiert – auf allen Bildern sieht es so aus, als verrenkte sie den überlangen Hals, der zu schwach ist, um ihren Kopf gerade zu halten. Es scheint, als wollte sie hinter den Photographen blicken, als stünde dieser zwischen ihr und etwas Bedeutungsvollem, als versuchte sie in der Dunkelheit ihres Zimmers, das zugleich ihre Kapelle ist, an dem Vorhang aus Finsternis vorbeizulugen und einen Abglanz des göttlichen Lichts zu erhaschen.

Obwohl sie, abgesehen von der ersten der drei stillen Messen, die sie sich selbst auferlegt hat, nichts mehr dazu zwingt, steht sie nach wie vor frühmorgens auf. Nach fünfzig Jahren harter Arbeit bringt man es nicht über sich, im Bett herumzuliegen. Das frühe Aufstehen ist ihr zur festen Gewohnheit geworden. Allerdings werden ihr die Tage, an denen sie sich ja irgendwie beschäftigen muß, deshalb um so länger. So verbringt sie ihre Zeit in unablässigem Hin und Her, was ihr das Gefühl rastloser Geschäftigkeit vermittelt, während allen anderen jedoch bewußt ist, daß die Gründe, die sie jedesmal im Vorbeigehen angibt, vor allem dazu dienen, von der wahren Langeweile ihres späten Lebens abzulenken.

Um den anderen nicht allzu lästig zu fallen, vielleicht aber auch, um ihre, wie sie sich ausdrückt, empfindlichen Nerven zu schonen, die nicht selten gereizt wirken, geht sie nie durch dasselbe Haus, wenn sie von ihren Besorgungen heimkehrt. Manchmal hält sie Rémi, der sich, die Uhrmacherlupe ins Auge geklemmt, über seine Werkbank beugt, ein Stück Butter wie ein Beweisstück unter die Nase: »Ich habe Butter gekauft« (und Rémi versteht, daß von ihm erwartet wird, er wisse, daß sie deshalb aus dem Haus gegangen ist), oder sie sagt: »Der Herr Pfarrer war nicht da« – und da sie den Eindruck vermeiden möchte, der Pfarrer hätte sie versetzt, fügt sie rasch hinzu, die gute Anastasie habe auf sie gewartet, um den Herrn Pfarrer zu entschuldigen, der dringend zu Madame Soundso gerufen worden sei, um ihr, so betrüblich das sein mochte, die Sakramente zu bringen. Da begeht Rémi, der das dörfliche Leben durch die weißen Gardinen seines Schaufensters beobachtet und dem deshalb nichts entgeht, einen Fehler: Er hebt den Kopf, nimmt die Lupe aus dem Auge und erkundigt sich besorgt: »Madame *wer*?« Das hätte er unter keinen Umständen tun dürfen, denn jetzt, wo er auf das Thema eingegangen ist, wird er unsere kleine Tante nicht so schnell los werden: Madame Soundso aus dem Dorf... an der Straße nach..., die Frau von... und Tochter von... Doch sie holt bei ihren Erklärungen so weit aus (mindestens drei Generationen samt Geburten, Hochzeiten, Besitzstand, Todesursachen) und die Familiengeschichte verzweigt sich in so komplizierter Weise, daß der entnervte Rémi sich eine halbe Stunde gedulden muß, bis er endlich erfährt, daß es sich um die Urgroßmutter der betreffenden Familie handelt und daß sie kurz vor ihrem hundertsten Geburtstag steht. Während er innerlich Madame Soundso, unsere kleine Tante und alles andere verflucht, das sich verschworen hat, ihm die Zeit zu stehlen, wendet er sich wieder seiner Arbeit zu oder fällt in bissigem Tonfall eines seiner jähen, unwiderruflichen Urteile: »Die Tochter der Soundso hat nicht gerade das Pulver erfunden« – als wäre dies etwas Schimpfliches.

Mit der Zeit stiftete all dieses Hin und Her im Geist unserer Tante Verwirrung. Sie verkündete beispielsweise, sie wolle Butter kaufen, kehrte dann aber vom Herrn Pfarrer zurück; sie benahm sich, als wäre sie restlos überfordert, schlug sich wie die Heldin einer Tragödie vor die Stirn, sagte »Ach, ich habe ja die Butter vergessen!« und ging mit eingezogenem Kopf erneut los. Ihre klägliche Gestalt huschte mit eiligen Schrittchen durch den Ort, ein graues Mäuschen, das jeder freundlich grüßte. Einmal hörten wir sogar, wie sie klar und deutlich verkündete, sie gehe zum Magnifikat, und gleich darauf sahen wir, wie sie im Hof auf die Toilette zueilte. Ihr zum Gedenken gingen wir jahrelang nach dem Magnifikat austreten. Wir versetzten manch einen dadurch in Erstaunen, daß wir unsere Anwandlungen von Frömmigkeit mit den rauschenden Wassermassen der Klospülung hinwegschwemmten. Uns war klar, daß Tante im Begriff war, den Verstand zu verlieren. Der Schicksalsschlag vom 26. Dezember verstärkte die Symptome und beschleunigte den Vorgang.

Die fünf Tage zwischen Papas Tod und Neujahr verbrachte sie in einer Art Trancezustand, der von Phasen größter Niedergeschlagenheit unterbrochen wurde. Wie ertappten sie dabei, wie sie tief betrübt auf einem Stuhl saß und den Kopf hängen ließ wie Jesus am Kreuz. Der Rücken war leicht gekrümmt, die Hände lagen gefaltet im Schoß ihres schlichten schwarzen Rocks, die Fußspitzen berührten kaum den Boden und das Gesicht wirkte geistesabwesend, als hätte die brutale Plötzlichkeit des Ereignisses in ihrem Kopf einen Kurzschluß verursacht. Vergeblich stellte sich ihr Geist Fragen über Fragen, begehrte gegen diesen Todesfall auf, wollte das Unglaubliche nicht wahrhaben. Es war ein Kollaps, der sie von den anderen trennte. Doch dann nahm sie, einem inneren Drang folgend, ihre geheimnistuerischen Aktivitäten unversehens mit zehnfacher Energie wieder auf. Sie behauptete, sie werde sich um alles kümmern, und was die Trauerfeierlichkeiten betreffe, so werde sie gemeinsam mit dem Herrn Pfarrer die Bibeltexte, die Musik und die Blumen aussuchen und sich mit Julien wegen der Beerdigung absprechen. Wir könnten uns in aller Ruhe ausweinen, sie kümmere sich um den Rest. Wie eine Aufziehfigur lief sie hin und her, und als die Spannkraft der Feder nachließ, sank sie erneut auf einen Stuhl und starrte stumpfsinnig vor sich hin, die Augen rot gerändert vom Kummer und den am Totenbett durchwachten Nächten, in denen sie mit dem Allmächtigen gehadert und Ihm den ältesten Handel der Welt angeboten hatte, einen Tauschhandel: sie gegen ihren Neffen. Sie mutmaßte nämlich, daß Er sich in der Person getäuscht hatte, daß der Schuß das Ziel verfehlt hatte, daß sie als Opfer vorgesehen gewesen war, daß Er sich folglich herbeibemühen und sie holen müsse, um das Mißverständnis auszuräumen, denn schließlich sei nichts Schändliches an dem Eingeständnis, daß man sich getäuscht hat. Wieder und wieder sagte sie dies zu uns, doch der Leichnam des großen Mannes in dem Zimmer oben im ersten Stock, bei dem Mama sechzig Stunden lang ohne Unterlaß ausharrte, erwachte nicht nur nicht aus der Totenstarre, sondern verströmte am Ende einen befremdlichen Geruch, den man zuerst dem Wetterumschwung zuschrieb. Dreht der Wind nämlich nach Westen, reichert er sich mit den Abgasen der flußaufwärts von Saint-Nazaire an den Ufern der Loire gelegenen chemischen Industrien an. Die Folge: Es riecht nach verbranntem Ammoniak, Schwefel und Schwefeldioxyd, und eine grünliche bis bernsteinfarbene Maserung, die man für den untrüglichen Vorboten von Regen hält, überzieht den Himmel über der Flußmündung. Aber das geschlossene, gut abgedichtete Fenster des Sterbezimmers ließ von der kalten Winterluft nichts herein. Außerdem war die Luft draußen, wie man sich vergewisserte, von kristallklarer Frische. Nein, es war das Leben, das sich davonmachte.

Zwischen zwei Erledigungen kam unsere kleine Tante nach oben, um nachzusehen, wie es um ihren Tauschhandel stand, ob Papa nicht vielleicht doch aufrecht im Bett saß und darauf wartete, daß sie ihn ablöste. Doch bald machte sie sich keine Illusionen mehr. Irgend etwas war schiefgegangen. Ein Leben lang hatte sie mit den Heiligen verhandelt, denn sie besaßen eine menschliche Seite, waren für Schmeicheleien und Huldigungen empfänglich, und man konnte mit ihnen feilschen. Wenn sie es nur raffiniert genug anstellte, gab es nichts, was sie bei ihnen nicht erreicht hätte. Papas Abberufung war jedoch höchsten Orts befohlen worden – unabwendbar, unwiderruflich. So ging sie denn auf leisen Sohlen zu einem der eigens für die Totenwache rings um das Bett aufgestellten Stühle, setzte sich vorsichtig, ganz vorsichtig auf die Kante, schloß die Augen, nahm den Rosenkranz zur Hand und leierte tausendmal dieselbe Litanei herunter – ein einschläferndes, speichelfeuchtes, störendes Gemurmel. Es störte Mama so sehr, daß sie sichtlich an sich halten mußte, um die kleine Tante zum Beten nicht woanders hinzuschicken, was die Wirkung der Gebete bestimmt nicht vermindert hätte. Aus Mamas armen, erloschenen Augen sprach die flehentliche Bitte, ihr eine allerletzte Gefälligkeit zu erweisen und sie an der Seite ihres Gatten, der Liebe ihres Lebens, in Frieden zu lassen – ein letztes Mal. Manch einer, der ihr eingefallenes Gesicht sah, riet ihr, sich für ein Weilchen hinzulegen, doch sie weigerte sich, denn sie wollte so lange wie möglich bei ihrem Lebensgefährten bleiben – gerade jetzt, wo wegen des unangenehmen Geruchs von einer vorzeitigen Einsargung gemunkelt wurde: In jenem Augenblick würde der Deckel zuklappen und ihr Mann auf immer entschwinden.

Rémi machte sich als erster Sorgen. Hinter den Gardinen seines Ladens hielt er nach Pfarrer Bideau Ausschau und rief nach ihm, als er gerade seine Kirche betreten wollte. Der Geistliche bestätigte, daß er die kleine Tante vormittags nicht gesehen hatte. »Bideau ist ein Trottel«, meinte Rémi später. »Er hat sich nichts weiter dabei gedacht, obwohl sie doch immer am Zipfel seiner Soutane hängt.« Rémi war bestallter Organist der Kirche, der einzige. Mit antiklerikalen Sprüchen entschädigte er sich für die der Pfarrei unentgeltlich geleisteten Dienste – jede Woche ein Marathonlauf: drei Messen täglich samt Vesper, sonntags und die ganze Woche über jeden Morgen um sieben Uhr Gottesdienst, dazu Zeremonien für Lebende und Verstorbene. Der von ihm komponierte Hochzeitsmarsch war berühmt und sehr gefragt. Rémi reagierte jedesmal leicht verstimmt, wenn ein junges Brautpaar den, wie er meinte, pompösen Marsch von Mendelssohn seinem vorzog. Benötigte man ihn für den musikalischen Teil eines Gottesdienstes, zu dem er vertraglich nicht verpflichtet war, brauchte man nur ein bißchen zu betteln: Er konnte einfach nicht nein sagen. Aber er ärgerte sich über sich selbst und verkündete, beim nächsten Mal würden Bideau samt Anhang kein Glück haben – unverrichteter Dinge würden sie abziehen müssen, wenn sie es wagen sollten, ihn wieder zu behelligen. Trotzdem konnte man beim nächsten Mal den Pfarrer wieder sagen hören: »Danke, Monsieur Rémi. Wir wußten, daß wir uns auf Sie verlassen können.«

Daß die Tante verschwunden war, ließ Rémi keine Ruhe. Gern hätte er sich Mama anvertraut, doch niemand wußte, wie man an sie herankommen konnte. Man sprach mit ihr wie mit einer Taubstummen, indem man sich an die Person an ihrer Seite wandte. So fragte man uns, wie es unserer Mama ginge, die nur zwei Meter weg und dennoch in weiter Ferne war, sozusagen im Exil. Sie brauchte Jahre, bis sie sich wieder in die Welt der Lebenden eingliederte.

Rémi faßte sich dank des Zuspruchs seiner Mutter dennoch ein Herz. Wir hielten uns wie gewöhnlich in der Küche auf, dem einzigen Raum, wo im Winter richtig geheizt wurde. Dort nahmen wir nicht nur die Mahlzeiten ein, sondern spielten, zankten und machten unsere Hausaufgaben – oder taten gar nichts, wie meistens. Als die alte Mathilde uns vier Kinder erblickte, wie wir ganz in Anspruch genommen waren von unserem noch so frischen Kummer, setzte sie eine mitleidige Miene auf, und da begriffen wir, daß unsere Lage viel ernster war, als wir gedacht hatten. Rémi bat uns, die Störung zu entschuldigen, fragte, was es Neues gebe, ging über die Antwort rasch hinweg und kam auf den Grund seines Besuchs zu sprechen: Ob wir unsere Tante heute morgen schon gesehen hätten? Ach, richtig, sie war ja noch gar nicht vorbeigekommen! Ob wir uns keine Sorgen machten? Doch, gewiß, aber wir wüßten allmählich nicht mehr, wohin mit all unseren Sorgen. Außerdem habe die Tante mit ihrem ewigen Versteckspiel ganz schön kokettiert und sei immer gerade dann wieder aufgetaucht, wenn man anfing, sich über ihr Verschwinden ernstlich Gedanken zu machen. Trotz alledem wollte sich Rémi Gewißheit verschaffen, und da wir uns nicht rührten, schlug er vor, einen Spähtrupp zu dem kleinen, zur Hälfte vom Buchsbaum verdeckten Gartenhaus zu schicken. Die Expedition setzte sich also in Bewegung und marschierte die Allee entlang, zwischen den beiden Reihen von Rosensträuchern hindurch, deren abgestorbene, ineinander verschlungene Zweige eine Art Tonnengewölbe bildeten. Rémi ging mit seinem schaukelnden Gang voran, gefolgt von Mathilde und Mama, beide in Schwarz, und schon bald holte sie Pyrrhus ein, Rémis närrischer Spaniel, der über die gut einen Meter hohe Grundstücksmauer gesprungen war. Anscheinend vermutete Rémi, daß es gefährlich werden könnte, denn er befahl uns Kindern, etwas zurückzubleiben. An dem Häuschen angekommen, versuchte er, einen Blick durchs Fenster zu werfen, doch die Vorhänge waren zugezogen, woraus er schloß, daß unsere kleine Tante drinnen war. Unvermittelt forderte er uns auf, zum Haus zurückzukehren, und als wir uns nicht von der Stelle rührten und auch Mama uns nicht wegschickte, befahl er uns, reichlich Abstand zu halten. Die Tür ließ sich nicht öffnen. Blieb also nichts anderes übrig, als ein Fenster in Höhe des Griffs einzuschlagen. Schon bückte sich Mathilde, hob einen Stein auf und reichte ihn ihrem Sohn, doch gründlich, wie er nun mal war, überlegte es sich Rémi, der als Uhrmacher Wert auf saubere Arbeit legte, anders und schickte sie den Diamanten holen, der in der linken oberen Schublade seines Werktisches lag. Für lästige Erledigungen mußte immer Mathilde herhalten. Rémi warf den Stein weit weg. Pyrrhus, der nur selten begriff, was von ihm erwartet wurde, rannte in gestrecktem Galopp hinterher und brachte den Stein im Maul zurück. Doch Spielen war anscheinend gerade nicht angesagt, denn er erntete einen Klaps auf die Schnauze.

Als die siebzigjährige Mathilde außer Atem zurückkehrte, hielt Rémi ihr vor, sie habe ziemlich lange gebraucht, worauf sie erwiderte, der Diamant habe nicht in der linken oberen Schublade gelegen, worauf Rémi seinerseits wissen wollte, wer es gewesen sei, der ihn nicht an seinen Platz zurückgelegt habe, und den Schuldigen unter den drei Verdächtigen – seiner Mutter, ihm selbst und seinem Hund – auszumachen suchte.

Unsere kleine Tante lag derweil im Bett, die Decke bis zum Kinn hochgezogen, und blickte mit geschlossenen Augen zum Himmel auf. »Ich bin bereit, o Herr, wann immer es Dir beliebt. Möge mich eine Schar von Engeln zu Dir tragen, Allmächtiger... Aber was höre ich da? Sind dies schon Deine Gesandten? Was bedeutet das Knirschen der Fensterscheibe und jetzt das trockene Splittern und Klirren? Seit wann verschaffen sie sich durch Einbruch Zutritt, die lästerlichen Seelenräuber?« Rémi fluchte leise. Er hatte sich geschnitten, als er die Hand durch die

Öffnung steckte, um an dem Fenstergriff zu drehen. Nachdem er das Fenster geöffnet hatte – was ihm unsere Bewunderung einbrachte –, setzte er sich auf den Sims, drehte sich auf dem Hintern, packte sein krankes Bein mit beiden Händen, hob es über das Sims und verfing sich prompt auf der anderen Seite im Vorhang. Als er ihn auseinanderzog und das Tageslicht durch den Spalt auf das Bett fiel, glaubte er ein Trugbild zu sehen: Ein Ohr auf die schmächtige Brust der Tante gepreßt, forschte Mathilde wie eine Indianerin nach einem letzten Lebenszeichen.

»Wie bist du reingekommen?« – »Sei still«, sagte Mathilde. – »Ist sie tot?« fragte Rémi. – »Durch die Tür«, antwortete seine Mutter – und die verzögerte Antwort ließ darauf schließen, daß das Herz der Tante noch schlug. Das Holz der Haustür, die nach Westen ging (das Licht der sinkenden Sonne fiel auf das karge Abendmahl der einsamen Tante), war durch den Winterregen aufgequollen, und es bedurfte nur eines leichten Stoßes, um sie zu öffnen. Wie stemmte Tante Marie sich sonst immer dagegen! Man hatte Angst, ihre Knochen könnten brechen. Doch nach langjähriger Übung setzte sie ihre Kraft an der richtigen Stelle an und war nicht wenig stolz auf ihren praktischen Sinn. Übrigens sperrte sie die Haustür nie ab, außer bei nächtlichen Gewittern, wenn der Himmel über dem Atlantik zu zerbersten schien. Weder ein Gebet noch eine an die Heilige Jungfrau der Meere gerichtete Bitte linderten in solchen Augenblicken ihre schreckliche Angst: Tante drehte den Schlüssel im Schloß um, erst dann fühlte sie sich sicher.

Mit geschlossenen Augen, ohne die Brille mit dem goldenen Metallgestell, die weißen Haare vom Haarnetz plattgedrückt, sah sie an diesem Tag wie eine andere aus, fast wie eine Fremde, als hätte in den nächtlichen Stunden eine Vertauschung stattgefunden, als wäre unsere kleine Tante, die noch nicht sterben konnte (wie sollte sie auch, in diesem Alter, das noch kein Alter war, und bei all dem Schutz von oben?), nach dem Einschlafen durch eine gewöhnliche Sterbliche von ähnlichem Aussehen ersetzt worden. Dies war nicht die Tante, die wir kannten: lebhaft, geschäftig, mit schalkhaften Augen und dem Hang zur Schwatzhaftigkeit. Was hatte sie mit dieser reglosen, stillen Person von elfenbeinerner Blässe gemein, sie, die sich bei ihren eiligen Erledigungen immer gegen den Westwind stemmte und deren frische Wangen deshalb von einem Netz aus geplatzten Äderchen überzogen waren?

Pyrrhus, der wie sein Herrchen durch das Fenster hereingekommen war, sprang aufs Bett, so daß unsere kleine Tante auf den Bettfedern einen Hüpfer machte und wir einen Moment lang glaubten, sie würde aufwachen und verdutzt all die Leute um sich herum anstarren, doch sie fiel gleich wieder zurück, und ihr Kopf kam schräg auf dem Kissen zu liegen. Das Haarnetz war ihr über die Augen gerutscht. Mathilde schob es behutsam wieder zurecht. »Willst du wohl!« schimpfte Rémi leise den großen, fuchsroten Hund, der sich daraufhin geräuschvoll auf den Bettvorleger plumpsen ließ. Er wurde aus alledem noch immer nicht schlau. Er hatte die Tante doch nur, wie es seine Art war, mit überschwenglichen Liebesbezeugungen beglücken wollen, die sie immer völlig aus der Fassung brachten und ihre Brille verrutschen ließen.

Man schaffte die alte Volksschullehrerin schleunigst ins nächste Krankenhaus. Rémi hatte den Kohleofen im Verdacht. Er behauptete, in ihrem Häuschen einen merkwürdigen Geruch wahrgenommen zu haben, aber wegen der sonderbaren Gerichte, die sich unsere Tante kochte, hingen bei ihr immer unbekannte, befremdliche Düfte in der Luft. Kaum war Doktor Maubrilland eingetroffen, hatte man auch ihn aufgefordert zu schnuppern. Früher hätte man nicht gewagt, ihn mit der Nase auf eine so prosaische Spur zu stoßen, doch seit Papas Tod hatte die Legende von der Treffsicherheit seiner Diagnosen einen Kratzer abbekommen. Mit welcher Selbstsicherheit und restlos überzeugter Miene hatte er seinen Befund verkündet! Uns gegenüber würde er künftig einen bescheideneren Tonfall anschlagen müssen. Im Kalender unseres Vaters hatten wir nachgelesen, daß noch für die Zeit nach seinem Tod Massagetermine eingetragen waren, die der Doktor ihm zur Linderung seiner unerträglichen Rückenschmerzen verschrieben hatte. Auf sein Urteil konnte man sich also keineswegs mehr blind verlassen. Deshalb hatten wir uns alle sieben versammelt, hielten die Nasen in die Luft, versuchten, das unheilvolle Gas zu riechen, achteten auf die geringsten Anzeichen eines Schwindelgefühls und hoben einer nach dem anderen den Deckel des Ofens hoch, weil wir uns von seinem inneren Zustand zusätzlich Aufschluß erhofften. Nichts, was als Beweis getaugt hätte: Kohlenmonoxyd ist bekanntlich geruchlos. Außerdem hätte ein solcher Abgang à la Zola – dieser Schriftsteller stand auf dem Index – ganz und gar nicht zu unserer kleinen Tante gepaßt.

Kaum schlug sie im Krankenhaus die Augen auf, erklärte man sie für gesund und schickte sie uns zurück.

Wenn wir eines Tages von den Toten auferstehen, werden wir mit unserem Körper umgehen, als wäre er ganz neu, und uns linkisch wie Pennäler benehmen. Das haben wir bei unserer Tante erlebt, als sie uns in einer ungewohnten Pose erwartete, in dem Zimmer oben im ersten Stock, das zur Straße geht und in das Mama sie nach der Entlassung aus dem Krankenhaus einquartiert hatte. Wie ein aus dem Jenseits zurückgekehrter Talleyrand stützte sie sich mit einer Hand auf das hölzerne Bettgestell, wobei sie sich anscheinend weniger festhielt, als vielmehr eine neue Körperhaltung ausprobierte, eine neue Kurve im Raum, die ihr gekrümmter Rücken, ihre zerbrechlichen Glieder und ihr Kopf zu beschreiben hatten, ganz so, als schämte sie sich, daß sie uns einen üblen Streich gespielt hatte und als wollte sie sich gleichsam für ihren vorgetäuschten Abgang entschuldigen, doch dabei starrte sie uns mit dem erschreckend abwesenden Ausdruck eines Menschen an, der die Grenzsteine der mit den Sinnen erfahrbaren Welt hinter sich gelassen hat. Der Eindruck, den wir empfangen hatten, als wir sie leblos in ihrem Bett hatten liegen sehen, bestätigte sich: Dies war nicht unsere Tante, es war, als hätte ein Teil von ihr, der Teil, der in unseren Augen ihr Wesen ausmachte, sich verflüchtigt, sich auf den Weg zum Reich der

Schatten gemacht und in nichts aufgelöst – und da standen wir nun vor diesem Abklatsch unserer Tante, vor dieser Hülle, die sich ihrer Wesensmerkmale entleert hatte, und waren – ja, wir waren fassungslos.

Was sagt Johannes doch über Jesu Wiederkehr an jenem unwirklichen Morgen, als über das Heil der Menschheit entschieden wird? An dem Maria Magdalena, kaum daß der Tag anbricht, zum Grab eilt und es leer findet – Maria Magdalena, die ungestüm Liebende, die die Füße des göttlichen Wanderers mit kostbarem Nardenöl aus Galiläa gesalbt und mit ihrem Haar getrocknet hatte? Sie fragt jemanden, den sie für den Gärtner hält, wohin man den Leichnam des Gemarterten gelegt hat, denn sie ist gekommen, ihn zu holen und ihn so über den Tod hinaus ihrer unendlichen Liebe zu versichern. Maria Magdalena beklagt sich nicht, daß man sie, was die Auferstehung angeht, hinters Licht geführt hat, sie spielt nicht die Beleidigte, verschanzt sich nicht hinter der Hoffnung auf Gnade, schämt sich nicht dessen, daß man ihre Gutgläubigkeit ausgenützt hat, und pfeift auf das Gerede der Leute, das die Apostel lähmt. Die Offenbarung seiner Liebe genügt ihr, wird sie bis ans Ende ihrer Tage erfüllen. Und er versteht sie und gebraucht zum erstenmal einen zärtlichen Kosenamen. »Mariam«, sagt er schlicht, und sie wendet sich zu ihm um und erwidert »Mein *rabbuni*«, was hebräisch ist und »mein Meister« bedeutet, aber auch soviel heißen kann wie »mein Mann«, »mein Ein und Alles«, »mein fürsorglicher Beschützer«, denn er ist der einzige, der ihrer überfließenden Liebe gewachsen ist, der einzige, der ihr Genüge tun kann, während ihr alle seine Vorgänger nicht gereicht hätten, selbst wenn man sie ihr sämtlich auf einmal ins Bett gepackt hätte. Man stelle sich vor, ein Regisseur von heute soll diese Szene inszenieren. Was würde er wohl daraus machen? (Mein Gott, vergib ihnen, denn sie wissen nicht, was sie tun.) Er würde sie wie von Sinnen aufeinander zustürzen lassen, von ihnen verlangen, daß sie sich aus Freude, einander wiedergefunden zu haben, stürmisch umarmen, und weder Jesus noch Maria Magdalena, noch der Regisseur hätten das schöne Wort »Auferstehung« begriffen. »Rühr mich nicht an«, spricht der Herr. – »Gebt eurer Tante einen Kuß«, sagte Mama zu uns.

Wir trauten uns nicht, wir wollten den Finger nicht in ihre Wunden legen, in die vom Qualm des Ofens lädierten Bronchien, wir wollten nicht wahrhaben, daß sie aus dem Reich der Toten zurückgekehrt war. Außerdem wußte unsere Tante nicht, wie man jemandem einen Kuß gibt: Sie drückte ihre spröde Wange an die Backe, die man ihr hinhielt – kurzer Kontakt mit elektrostatischer Entladung – und schmatzte mit den Lippen ins Leere. Das sollte eine zärtliche Geste sein! Nie nahm sie uns in den Arm oder streichelte uns, nie drückte sie uns an sich, nein, das tat sie nicht einmal mit ihrem Jesus, dem sie die ausgebreiteten Arme entgegenstreckte, und auch nicht mit Babys, die sie wie ein fürs Kaminfeuer bestimmtes Holzscheit von sich weghielt. Es gibt ein Foto von ihr, das im Hof aufgenommen worden ist und auf dem sie die zwei Monate alte Nine mit steifen Armen in Kopfhöhe hält wie ein Wettkämpfer seine Trophäe. Nine schaut den Photographen an – es war bestimmt Papa –, und Tante versteckt sich mit durch und durch frommer Scham hinter dem Kind.

Ihre Gefühlsarmut machte uns die Annäherung nicht eben leicht. Nacheinander gingen wir zu ihr hin. Sie ließ das hölzerne Bettgestell los und legte uns die Hände auf die Schultern. Dieser Ersatz für eine Umarmung – zu mehr war sie nicht imstande – war bei ihr schon das Äußerste. Wir spürten, daß sie das Ereignis ihrer unerwarteten Wiederkehr durch eine bedeutungsvolle Geste abrunden wollte. Seit jeher winzig, schien sie während ihres Aufenthalts im Krankenhaus noch geschrumpft, als hätte sie innerlich schon den Rückzug angetreten.

Küssen stellt Brillenträger vor ein Problem. Sie müssen aufpassen, daß sie das Gesicht im richtigen Moment abwenden und genügend Abstand halten, damit sich die Gestelle nicht ineinander verhaken. Da unsere Tante darauf bedacht war, solche Pannen – für die sie immer denselben Kommentar parat hatte – zu vermeiden und Hautkontakt ohnehin nicht sonderlich schätzte, drehte sie den Kopf jedesmal so weit zur Seite, daß wir den Knopf in ihrem Ohrläppchen küßten. Dieser Schmuck war bei ihr durchaus keine Koketterie: Einst war es üblich, kleinen Mädchen die Ohren zu durchstechen, und man fragte sie genausowenig nach ihrer Meinung wie Knaben vor der Beschneidung. Die goldenen Knöpfe, die man ihnen schon wenige Wochen nach der Geburt implantierte, wobei sie oft stark bluteten, nahmen sie mit ins Grab. Eine Art Stammesritual, das unsere fromme, christliche Tante in die Nähe barbarischer Königstöchter rückte. Mit dem Geschmack kalten Metalls auf den Lippen (»Mein Herr und mein Gott!« sagt Thomas, als er die Hand in die Wunde legt) nahmen wir Abschied von ihr.

Nach und nach verlor sie den Verstand. Anfangs war man darüber nicht weiter beunruhigt. Als sie fragte, wo Joseph sei, hielt man ihr das Alter zugute und entschuldigte diese Gedächtnislücke mit der erdbebenartigen Erschütterung, die uns alle so überraschend getroffen hatte. Selbst wenn man eine Leiche vor Augen hat, will man den Tod nicht wahrhaben. Ich erinnere mich noch, wie ich an einem Sonntagabend bei Rémi vor dem Fernseher saß und plötzlich aufsprang, um Papa das Ergebnis von einem Spiel mitzuteilen, das ihn bestimmt interessiert hätte. Schon hatte ich die Hand auf der Türklinke, als mir alles wieder einfiel. Unserer kleinen Tante erklärte man, Papa sei auf Geschäftsreise, sein Beruf führe ihn in immer weitere Fernen, doch werde er bald zurückkommen. Sie tat so, als gäbe sie sich mit unseren Argumenten zufrieden, aber nachdem sie eine Weile herumgedruckst hatte, unternahm sie einen neuen Anlauf. Sie hatte sehr wohl bemerkt, daß etwas nicht stimmte.

Es war vereinbart worden, sie bei Rémi unterzubringen, sobald er ein Zimmer für sie hergerichtet hätte. Ausgeschlossen, daß sie in ihr Häuschen mit dem verflixten Ofen zurückkehrte, aber Mama hatte nicht die Kraft, sie bei sich aufzunehmen. Also wurden aus ihrem Zuhause ein paar ihr vertraute Gegenstände geholt, damit sie sich nicht so fremd fühlte:

das Kruzifix, die gerahmten Bilder von Lourdes und Lisieux, das Heiligenverzeichnis, das sie trotz allem auf den neuesten Stand gebracht hatte, sowie ein paar Nippessachen und eine Sammlung Medaillen mit religiösen Motiven, die sie in den Schrank und unter ihr Kopfkissen legen konnte. Anfangs behauptete sie, das Kruzifix sei nicht ihr eigenes, ihres habe man gestohlen, und sie werde sich nach Josephs Rückkehr bei ihm beschweren. Rémi setzte alles daran, ihr das auszureden, doch angesichts der Verstocktheit der alten Frau hob er entmutigt die Arme und verkündete, er gebe auf. Mathilde schickte ihn zurück an seine Werkbank und versuchte es in ihrer ruhigen Art selbst. Das Kruzifix sei tatsächlich gestohlen worden, doch wehe dem Schuldigen: Joseph werde ihn sich bei seiner Rückkehr vorknöpfen. Die kleine Tante erwiderte, sie wisse, wovon sie rede, sie sei doch nicht verrückt, und dieses Kreuz wolle sie nicht als Ersatz haben, woraufhin Mathilde Verständnis dafür heuchelte, daß ihre Schwägerin nicht in Gesellschaft eines halbnackten Fremden schlafen konnte, und das Kruzifix in eine Schublade der Kommode legte.

Pyrrhus war glücklich, seine alte Spielgefährtin wiederzuhaben. Er lag den ganzen Tag in ihrem Zimmer auf dem Bett. Ab und zu lief er nach unten in den Laden, um Rémi einen Besuch abzustatten, nahm einen freundschaftlichen Klaps auf den Kopf entgegen und ein gleichgültigeres Tätscheln von Mathilde, um dann, da unten alles in Ordnung war, in den ersten Stock zurückzukehren und seinen alten Posten einzunehmen. Er ging so in seiner Rolle auf und nahm seine Verantwortung offensichtlich so ernst, daß man nur »Pyrrhus ist bei ihr« zu sagen brauchte, damit sich niemand mehr Sorgen machte.

Ständig fragte sie nach Joseph, und immer gab man ihr dieselbe Antwort: er sei auf Reisen, ihm sei etwas dazwischengekommen, er werde bald zurück sein. Aus Unachtsamkeit hätten wir einmal fast die Katze aus dem Sack gelassen. Erst nach und nach wurde uns klar, daß alles ein großes Mißverständnis war. Ihre Worte zielten nämlich immer am Thema vorbei und überstiegen zudem das Maß an Absurdität, das man ihr zugestand. Der verletzte Joseph, zum Beispiel: Er brauche ihre Hilfe, sie wolle zu ihm, ja, sie verlangte, daß man sie nach Tours fuhr; und dann noch diese Geschichte mit Belgien. Tours ging ja noch an, es lag immerhin an der Loire wie Orléans und Beaugency – Städte, wie ein langes Schleppnetz über das Land an der Flußmündung geworfen –, aber Belgien? Tatsächlich hatte Papa einmal einen Abstecher bis in die Nähe von Brüssel gewagt, und zwar in der Zeit, als er seine pädagogischen Bilder katholischen Privatschulen anbot (allerdings mit so geringem Erfolg, daß wir noch heute einen Riesenvorrat in der Remise haben: das gesamte Alte Testament auf dreißig Farbtafeln), aber es hatte auch Jahre gegeben, in denen er sich ausschließlich dem Handel mit Geschirr und seiner Kundschaft in der Bretagne widmete. Schon bald durchschauten wir die Marotte unserer Tante, ihre Geschichten in weit ausholende Rückblicke einzubetten, als bestünde die sicherste Methode, Papa noch einmal lebend wiederzusehen, darin, das Rad der Zeit zurückzudrehen, an der

Stunde Null von vorne zu beginnen, den Lauf des eigenen Lebens umzukehren. Uns fiel auf, daß sie jetzt alles durcheinanderbrachte, und zwar gekonnt, wenn man es so sehen will, doch ihr Geist weilte in einer vierten Dimension außerhalb von Raum und Zeit, wohin man ihr beim besten Willen nicht folgen konnte. Sie ließ es sich nicht ausreden: Joseph war verletzt. Sie schien von Visionen besessen, als hätte sie dank einer medialen Veranlagung einen Ruf unseres verunglückten Papas vernommen, der womöglich hilflos am Straßenrand im zerquetschten Wrack seines Autos lag und mit dem Tod rang. Wir trösteten uns mit dem Gedanken, daß ihm dort, wo er sich jetzt befand, nichts mehr zustoßen konnte.

Mathilde war es, die das Gedankenknäuel ihrer alten Gefährtin entwirrte. Sie zog einen Faden nach dem anderen heraus und wirkte das Gewebe ihres Gedächtnisses neu. Alles war wieder an seinem Platz. Unsere kleine Tante hatte zwar den Verstand verloren, jedoch nur, um ein um so klareres Erinnerungsvermögen wiederzuerlangen. Nicht sie war an der Verwirrung schuld, sondern wir, weil wir ihre Visionen falsch gedeutet hatten. Des Rätsels Lösung fanden wir, als wir erkannten, daß wir in unserem Kummer davon ausgegangen waren, Papa sei der einzige Joseph, der seit Anbeginn der Welt gestorben war, das heißt seit dem ersten Tag, an den wir uns zurückerinnern konnten. Für unsere Tante aber war er der zweite: Da hatte es noch einen anderen gegeben, ihren geliebten Bruder Joseph, in Belgien verwundet, nach Tours geschafft und dort am 26. Mai 1916 mit einundzwanzig Jahren verstorben.

Fortan ließ man sie in ihren uralten Erinnerungen herumstöbern. Wo nun das prinzipielle Problem erkannt war, konnte man mit ihr wieder eine Art Zwiegespräch führen. Allerdings hatte es etwas Befremdliches, wenn man mit anhörte, wie Rémi sie nach Nachrichten von der Front fragte und sie sich pessimistisch äußerte. Ein andermal sah sie ihn nur an, als dächte sie bei sich: Der arme Junge ist ja völlig durcheinander. Der rote Faden ihrer Erinnerungen riß immer wieder. Es war schwierig, ihr zu folgen, denn sie durchlebte ihre Vergangenheit nicht kontinuierlich. Glaubte man, das unheilvolle Echo von Verdun hallte in ihr nach, war sie in Gedanken bei uns und beweinte Papas Tod. Wir freuten uns über diese Besserung – darüber, daß sie unseren Kummer teilte –, doch schon im nächsten Augenblick beweinte sie wieder ihre Liebsten, die sie verloren hatte: Joseph und Emile, beide im Abstand eines Jahres an der Front gefallen; ihre Schwester Eulalie – Mathilde erklärte uns das –, ein Jahr nach Emiles Tod von der Spanischen Grippe dahingerafft; und nicht zu vergessen Pierre, der wie durch ein Wunder das Jahr 1914 überlebt hatte, der letzte Bruder, der eines Tages sterben sollte, weil er den Tod seiner Frau Aline nicht verwinden konnte. Im Zusammenhang mit Emile erwähnte unsere Tante zum erstenmal Pierres Reise nach Commercy, und sie schimpfte: »Klammheimlich verscharrt hat man Emile, wie einen Komödianten.« An dieser Stelle hielt sich Mathilde mehr zurück als sonst und tat so, als hätte sie nicht richtig verstanden. Sie meinte, diese Geschichte sei reine Phantasie. Wir hingegen hielten unsere Tante mittlerweile für eine Art Pythia, aus deren Mund nichts als die Wahrheit kommen konnte. Ja, für uns war sie wie der Kaffeesatz, aus dem man unfehlbar die Vergangenheit herauslesen kann. Nur kamen die Antworten auf unsere Fragen in der falschen Reihenfolge, und so stießen wir auf das Rätsel von Commercy und fühlten uns wie vor einem Puzzle, bei dem ein Mosaiksteinchen übriggeblieben ist.

So sprang sie also eine Zeitlang in Gedanken vor und zurück und fegte mit dem Reisigbesen ihres Gedächtnisses durch das Jahrhundert, bis sie völlig durchdrehte. Ein clownesker Abgang, schmerzhaft für alle, die ihre jansenistische Beständigkeit gekannt hatten. Es ist durchaus möglich, daß es letztlich der überhitzte Geist Pascals war, der auch sie zu allerlei von der Familie Périer beschmunzelten Narreteien verführte. Ihre barmherzige Nichte tat jedenfalls recht daran, sie nicht an die große Glocke zu hängen. Man hätte sonst nur diesen einen Abschnitt ihres Lebens in Erinnerung behalten und so Pascal, dem altklugen Genie mit seinen unendlichen Räumen und seinem ewigen Schweigen, nachträglich noch eins ausgewischt. Angesichts der Schnurren unserer Tante waren wir zwischen Mitleid und irrem Gelächter hin- und hergerissen. Sie erzählte uns kleine Banalitäten, beispielsweise wie sie zum erstenmal in ihrem Leben einen Lippenstift ausprobiert hatte, den sie bei Mathilde aus dem Kosmetikregal stibitzt hatte, oder sie behauptete, Pfarrer Bideau hätte ihr Avancen gemacht, oder sie schilderte, wie sie einmal um eine Zigarette gebeten und sie sich, statt sie zu rauchen (was sie ohnehin nicht fertiggebracht hätte), hinters Ohr gesteckt hatte wie ein Gemüsehändler seinen Bleistift.

Auch verlangte sie häufig, zu ihrer Mutter gefahren zu werden. Vergeblich griff man in die Kiste der diplomatischen Ausreden und erklärte, ihre Mutter sei vielleicht gerade nicht in der Stimmung, sie zu empfangen. Davon wollte unsere Tante nichts wissen: Wenn niemand die Freundlichkeit habe, sie zu begleiten, werde sie sich eben alleine auf den Weg machen. Sie schlüpfte in den Mantel und setzte sich hastig den Hut auf. Unmöglich, sie zurückzuhalten. Sie irrte durch den Ort, eine von allen Mitmenschen verlassene Greisin, die nicht einmal mehr den Gruß der Passanten erwiderte, sondern sie nur wie Fremde anstarrte und sich abwandte, sobald man das Wort an sie richtete. Also holte Rémi mal wieder seinen Wagen heraus, um sie irgendwo aufzulesen, rollte dann im Schrittempo, als suchten sie eine Hausnummer, zwei- bis dreimal mit ihr um den Platz, je nachdem, wie widerspenstig sie sich gab. Schließlich fuhren sie zurück, hielten vor dem Haus, und Rémi verkündete, sie seien angekommen. Das beruhigte sie. Manchmal jedoch schien ihr alles wieder einzufallen; »ach ja«, seufzte sie und sank in sich zusammen – ein herzzerreißender Verweis darauf, daß ihre Lebenskraft zur Neige ging. Starr hing sie ein Weilchen ihren Gedanken nach, doch schon bald gewann ihre fixe Idee wieder die Oberhand: Man solle sie zu ihrer Mutter bringen, wir hätten ja alle keine Ahnung, wie fürchterlich diese sich aufführen könne, wenn man zu spät bei Tisch erscheine.

Gegen Ende aß sie regelmäßig mit Rémi und Mathilde zu Abend, Pyrrhus zu ihren Füßen. Die Mahlzeiten hatten etwas von einem nicht enden wollenden Happening, denn unserer Tante gingen nie die Ideen aus. Sie vollführte mit dem Löffel Kunststückchen wie ein Taschenspieler, stellte den Hundenapf auf ihren Teller, behauptete immer wieder steif und fest, ihre Mutter sei mit alldem nicht einverstanden, schmollte, weil das Stück Käse, das man ihr vorgesetzt hatte, vergiftet sei. Eines Abends packte unsere Tante ihre Serviette, tauchte sie tief in die Suppenterrine und breitete sie über den eingeschalteten Fernsehapparat. Nach dem kurzen Moment der Verblüffung, der auf jeden ihrer immer neuen Einfälle folgte, stürzte Rémi, der um seinen neuen Fernseher bangte und einen fatalen Kurzschluß befürchtete, zum Sicherungskasten über dem Spültisch und schaltete den Hauptschalter aus, worauf wir im Finsteren erst ein gedämpftes Plumpsen und dann Hundegebell hörten. Mathilde tastete nach einer Kerze, zündete sie an, und gleich darauf erhellte matter, zitternder Lichtschein ein Bild im Stil des Fin de Siècle: Unsere kleine Tante saß zusammengekrümmt und mit verstörter Miene im Korbsessel, auf dem Kopf das Tuch, von dem Suppe auf Gesicht und Brille herabtropfte. Sie glich einer mit passierter Gemüsesuppe bekleckerten Mater Dolorosa, die der große fuchsfarbene Spaniel, die Vorderpfoten auf ihren Knien, eifrig und liebevoll ableckte.

Ab nach Pont-de-Pitié, ins Irrenhaus, wie wir vor diesem barocken Finale immer gesagt hatten.

Als sich die Dinge für unsere Tante immer mehr zum Schlechten wandten, erboten sich Großvater und Großmutter, die wohl eine neuerliche Schicksalsprüfung für ihre Tochter befürchteten (es waren noch nicht einmal zwei Monate vergangen, seit Papa von uns gegangen war), zu uns zu ziehen, um uns in unserer Not Hilfe und Beistand zu leisten. Mama wagte nicht, das Angebot auszuschlagen. Also packte das alte Ehepaar vier riesige Koffer in den 2 CV und unternahm die aberwitzige Reise von Riancé nach Random: achtzig Kilometer Landstraße durch eine eintönige, flache Gegend mit rechteckigen Feldern, gepflegten Hecken, in Reih und Glied stehenden Bäumen, nichtssagenden Ortschaften, stillosen Kirchen, gesichtslosen Häusern und geschichtslosen Menschen. Am unteren Lauf der Loire, zwischen Riancé und Random, versteckt sich die Landschaft in ähnlicher Weise hinter der eigenen Unscheinbarkeit wie die dortigen Ehefrauen mit ihren heimlichen Träumen und Wünschen hinter ihrer Ehrbarkeit.

Es war ein Glücksfall, dieses Leben, das da bei uns einzog, selbst wenn es nur noch mit halber Flamme brannte. Bei der Ankunft unserer neuen Mitbewohner stürzten wir nach draußen, um ihnen beim Ausladen zu helfen. Zizou packte einen sperrigen, auf dem Rücksitz liegenden Koffer und schleifte ihn, da sie weder groß genug war noch genug Kraft hatte, zwei Meter hinter sich her – worüber Großvater sich so sehr ärgerte, daß er tatsächlich die Kiefer auseinanderbekam und sie anfuhr, sie solle gefälligst die Finger davon lassen. Diese Dusche war kalt genug, um unsere Begeisterung um etliches zu dämpfen.

Unsere Tante Marie war in Pont-de-Pitié schon bald im Koma versunken, sie befand sich in einem langen weißen Tunnel, in dem ihr die allerletzten Schnurren ausgetrieben werden sollten. Denn diesmal, daran war nicht zu rütteln, würde es kein zweites Wunder geben. Also zwängten wir uns zu fünft in den 2 CV, um ihr einen letzten Besuch abzustatten.

Das Wetter war typisch für das Ende des Winters: Regenschauer und Wind, verhangener Himmel, ausgefranste Wolken, Ton in Ton mit dem grauen Einerlei, nasse Kälte, die durch unzählige Ritzen ins Innere des erbärmlichen Vehikels drang. Vergeblich hatten wir versucht, uns zu viert auf die Rückbank zu setzen. In unserem Citroën DS wäre das bestimmt machbar gewesen, doch mochte Mama noch so zierlich sein, in Großvaters Auto fühlten wir uns wie Sardinen in der Büchse. Großmutter fand rasch die Lösung: Sie würde nicht mit nach Pont-de-Pitié fahren, so einfach sei das, und außerdem sei die Tante ja nicht mehr bei Bewußtsein. Ob sie nun mitfahre oder nicht, für unsere Marie mache das keinen Unterschied. Mama jedoch bestand darauf, daß wir einen Menschen, der uns schon bald verlassen würde, ein letztes Mal küßten. Sie machte uns zu Spezialisten für letzte Küsse.

»Gebt eurem Vater einen Kuß«, hatte sie uns aufgefordert, als wir vor seinem Leichnam standen, der angekleidet, mit Krawatte und gefalteten Händen in der Mitte des Bettes lag, und das allein – wie er dalag – hatte den Ausnahmecharakter der Situation deutlich gemacht. (Normalerweise lag Papa beim Schlafen auf der linken Seite.) Beim ersten Abschiedskuß war noch ein bißchen Wärme in ihm gewesen. Die frisch rasierte Haut seiner Wangen duftete nach Eau de toilette und hatte noch eine gewisse Elastizität. So kostete es uns nicht sehr viel Überwindung: Man beugt sich vorsichtig, wie über ein schlafendes Baby, hinunter, gibt ihm einen flüchtigen Kuß, so daß kaum genug Zeit ist, an der Spitze der geschürzten Lippen die Körpertemperatur zu fühlen, und hopp! tritt man nach erfüllter Mission den Rückzug an und stellt sich wieder neben den Sessel, den Mama nicht verlassen hat. (Beim zweiten Mal, kurz vor der Einsargung, als bereits ein säuerlicher Geruch von seinem Bauch aufstieg, mogelten wir uns um den Kuß herum.)

Schwer beladen quälte sich das betagte Beulchen auf nasser Fahrbahn vorwärts. Bereits eine etwas heftigere Windbö reichte aus, um dem Auto seinen ohnehin dürftigen Schwung zu nehmen. Wir trösteten uns mit dem Gedanken, daß wir auf dem Heimweg Rückenwind haben würden. Trotzdem, wir empfanden es als Demütigung, daß uns die stärkeren Autos (von drei PS aufwärts) überholten, als wären wir etwas, über das man getrost hinwegsehen konnte, eine Unebenheit am Straßenrand, und daß die Fahrer uns mit spöttischen Blicken oder gekünstelter Gleichgültigkeit bedachten. Die höflicheren unter ihnen gaben uns durch Zeichen zu verstehen, sie seien bereit, uns zu schieben, die mitleidigeren machten auf ihren Sitzen Verrenkungen, um uns vorzumachen, daß es ihnen in der Seele weh tat, einfach so an uns vorbeizurauschen. Während sie unser vorsintflutliches Nomadenzelt mit vier Rädern überholten, beglückwünschten sich vermutlich all diese gutherzigen Hochgeschwindigkeits-Samariter, die uns im Vorbeifahren vollspritzten, daß sie dem Satellitenzeitalter angehörten.

Dichtgedrängt saßen wir zu dritt auf dem Rücksitz, wurden durchgeschüttelt und litten tausend Qualen, und nur zu gern hätten wir die anderen Autofahrer glauben gemacht, daß man uns gekidnappt hatte und der teilnahmslose Greis hinter dem Steuer nicht unser Großvater war. Mama, die neben ihm saß, leistete ihm in seinem Schweigen Gesellschaft. Wie eine schwarze Marionette hüpfte sie auf dem gefederten Sitz auf und ab, und wenngleich sich um ihre Mundwinkel ein bitterer Zug abzeichnete, sprachen daraus weder Vorwürfe noch Mißbehagen, denn für sie gab es nur die zwingende Notwendigkeit, durchzuhalten und sich keine voreiligen Hoffnungen zu machen, sondern Sekunde um Sekunde über sich ergehen zu lassen – mehr als diese unerhörte Anstrengung konnte man von ihr nicht erwarten. Die Bocksprünge des 2 CV nahmen ihr, der Trauernden, ein wenig von ihrer Würde. Nach einer scharfen Kurve mußte sie ihren kleinen schwarzen, tief in die Stirn gezogenen Hut zurechtrücken. Diese reflexartige Handbewegung war unmittelbarer Ausdruck ihres Überlebenswillens. Dennoch war ihr anzumerken, daß sie in solchen Augenblicken dem karminroten Citroën DS 19 nachtrauerte, der in der Garage stand und auf einen Käufer wartete, weil er uns jetzt, da er keinen Fahrer mehr hatte, nichts mehr nützte. Die weiche Federung, die jedes Schlagloch abfing, der Motor, der auch bei hohen Geschwindigkeiten leise vor sich hinschnurrte, die raubkatzenhafte Beschleunigung, die Panoramaverglasung mit Rundumblick, die flauschigen, bequemen Sitze, für Papas Rücken die reinste Wohltat – all das hatten wir kaum genießen können, nämlich nur knappe drei Monate lang. An Bord der Limousine waren wir die Herren der Straße gewesen. Wären wir an einem 2 CV vorbeigefahren wie an einer Blume im Straßengraben, hätte Papa wohl auch eine witzige Bemerkung über das jämmerliche Vehikel und seine Insassen gemacht, so wie er zum Beispiel einmal bei Tourmalet im Nebel für gute Stimmung gesorgt hatte, indem er uns auf die weiße »Jockeymütze« eines kleinen Greises aufmerksam machte, der am Steuer seines Oldtimers saß und trotz der schlechten Sicht unerschrocken die abschüssige Straße hinunterraste. Jetzt fühlten wir uns unglücklich und erniedrigt, und unser Kummer hätte nicht größer sein können.

Das Heim in Pont-de-Pitié besteht aus einem ehemaligen Kloster und den Anbauten aus der Zeit, als das Hospiz in eine Trinkerheilanstalt umgewandelt wurde. Durch das Haupttor mit dem römischen Giebeldreieck hätte sogar eine Karosse gepaßt, doch im Hof, der im Schatten hoher Gebäude mit regennassen Fassaden und vergitterten Fenstern liegt, überkommt den Besucher eine bedrückende Stimmung, die ihm die Kehle zuschnürt. Die Wipfel der Zitterpappeln überragen die Dächer. Die Glocke der Kapelle sendet ihr besinnliches, vom Wind verwehtes Geläut aus. Nonnen durchqueren mit eiligen Schritten den Hof und umrunden im Slalom die Pfützen. Mit beiden Händen raffen sie ihr schwarzes Ordenskleid, wenn ein leichter Windstoß es anhebt, und wenn dann obendrein der weiße Schleier ihrer Haube hochfliegt und ihnen ins Gesicht flattert, drehen sie sich um, weil sie keine Hand mehr frei haben, um ihn wegzuschieben, machen ein paar Schritte rückwärts und flüchten sich, noch immer rückwärts gehend, in einen Gang, dessen große Fensterfront den Blick auf den verhangenen Himmel freigibt. Kunstharzlack, der Geruch nach greisen Bettnässern, dem man mit vielen Litern Desinfektionsmitteln beizukommen versucht, Übelkeit erregende Ausdünstungen aus der Kantine (von derselben, ewig gleich riechenden Suppe, die abends im Speisesaal aufgetischt wird), die kleinen Gestalten geschäftiger Klosterschwestern, die über Linoleum huschen, Kranke im Pyjama, die umherirren und nach etwas suchen, ohne zu wissen, wonach, und die eben dies irgendwann das Leben kosten wird, verlorene Blicke, aus denen tausend Qualen sprechen, Angst, die alles wie ein Film überzieht und die keine Chemie je wird ausmerzen können, schrumpelige Hände, die sich aneinanderklammern wie Glieder einer gebrochenen Kette, zaudernde, ängstliche Schritte, wie im Wahn gesprochene Worte, die ruckartigen Bewegungen Schwachsinniger, und im Kreuzgang der Riege der ganz schlimmen Fälle: ein geklonter Napoleon oder Ludwig XIV., die eine oder andere Anastasia und jede Menge Möchte-gern-Prinzessinnen aus einem imaginären Gotha, ersponnene Herrscherfamilien aus dem Reich der einfältigen Geister. Ein Klüngel von Hochstaplern, die unsere hehre jungfräuliche Tante Marie nicht allzulang ertragen mußte.

Wir zwängten uns in die winzige Mönchszelle mit den weißen Wänden und weißen Möbeln und wahrten so gut es ging Abstand zu dem Bett, das gegenüber vom Fenster stand, hinter dem der Wind die Pappeln zauste. Wir wagten nicht näherzutreten, aus Angst, die Ständer mit den Infusionsflaschen umzureißen und uns in den Schläuchen zu verfangen, während wir uns über die kleine aschfahle Gestalt mit den mageren, bleichen Armen beugten, die auf dem Laken so dünn und durchscheinend wirkten, daß wir begriffen: Unsere Tante hatte nicht etwa vor zu sterben, sondern sie wollte sich ganz sacht in nichts auflösen. Ohne die Brille verschmolz ihr blasses Gesicht mit dem Weiß des Kopfkissens, und das, was von ihrem Körper übrig war, bildete unter dem Laken eine winzige Wölbung, eine kleine, mit Leben erfüllte Rundung, die mit der Welt nur noch durch ein paar durchsichtige Schläuche verbunden war, doch schon bald sollte ein Hauch aus dem Jenseits dieses Leben wie ein Flämmchen ausblasen.

Mama mit ihrer Trauerkleidung paßte nicht ins Bild. Wir standen am Rand eines Loches im Universum, aus dem sich die Welt des Scheins ergoß. Fast hätten wir den Atem angehalten, wären wir in dem Quell aufgegangen, der schon bald versiegen würde. Die Schwestern, die die Kranken sonst so resolut behandelten, kamen auf Zehenspitzen herein, um den seligen Schlaf der alten Frau nicht zu stören. Als eine von ihnen vortrat, nutzte Mama in sichtlicher Ungeduld die Gelegenheit, um das Zeichen zum Aufbruch zu geben. Wir verließen die bleiche Todgeweihte ohne Abschiedskuß.

Wieder zu Hause, zog sich Großvater auf den Dachboden zurück. Seit er bei uns eingezogen war, hatte er sich im Rahmen seines humanitären Hilfsprogramms zwei Aufgabenbereichen verschrieben, außerhalb deren man nichts von ihm verlangen durfte: den Besorgungen, für die er den ganzen Vormittag brauchte (»Monsieur Burgaud« war bei den Händlern schon bald bekannt, und sie lobten ihn für seine Einsatzbereitschaft), und dem Aufräumen des Dachbodens, ein rein persönliches Anliegen, dem er die Nachmittage widmete. Wohlgemerkt: die Besorgungen, damit er aus dem Haus kam, und der Dachboden, damit er seine Ruhe hatte. Er übernahm noch eine weitere Aufgabe, die ihm seinen Aufenthalt bei uns jedoch vergällen und dessen Ende beschleunigen sollte: Er wollte die väterliche Autorität ersetzen und die Erziehung von Zizou vervollkommnen. Und schon sehr bald wurde sie zu seiner bevorzugten Zielscheibe. Sie solle die Ellbogen nicht auf den Tisch stützen, nicht mit offenem Mund kauen, nicht mit dem Löffel gegen den Teller schlagen, anderen nicht ins Wort fallen, sondern warten, bis man es ihr erteile, et cetera, et cetera. Mama, die sich in ihren Kummer vergraben hatte, bekam von alldem nichts mit. Nine, ganze vierzehn Jahre alt, nahm die Zügel in die Hand, weil sie das Martyrium ihrer kleinen

Schwester nicht länger mit ansehen konnte: An dem Tag, als unsere kleine Tante starb, rief sie Großvater und Großmutter zu sich und teilte ihnen mit, daß sie nach der Beerdigung entlassen seien. Falls Mama die Anwesenheit ihrer betagten Eltern überhaupt bemerkt hatte, fragt sie sich bestimmt heute noch nach dem Grund ihrer Abreise.

Die Besorgungen gaben Großvater die Gelegenheit, sich heimlich mit Leckereien einzudecken, von denen man ihm abgeraten hatte, nachdem man einen zu hohen Blutzuckerspiegel festgestellt hatte, zwar nicht so hoch, daß er sich täglich eine Insulinspritze hätte verabreichen müssen, aber dennoch hoch genug, um ihn zu zwingen, die acht Stückchen Zucker in seinem Kaffee durch Süßstofftabletten zu ersetzen – darauf hatte Großmutter ein Auge –, die ihm bei weitem nicht so gut schmeckten. Sein Leben lang hatte er sich so getröstet, wie traurige Menschen sich trösten. Früher hatte er seine Bonbons hundertgrammweise im Lebensmittelladen gekauft, und nie hätte er es jemand anderem überlassen, für ihn die Auswahl zu treffen. Er hatte da eine Adresse in Nantes – wo seine Tuchhändler saßen –, in der Rue de Verdun, nicht weit von der Kathedrale, einen altertümlichen, finsteren Lebensmittelladen, eine Art koloniales Kuriosum aus der trügerischen Blütezeit der Stadt, vollgestopft wie ein Lagerhaus auf den Antillen und nach Kaffee, Tee und Kräutern duftend. Neben dem Eingang standen in drei Regalen die Glasbehälter aneinandergereiht. Angesichts des außerordentlich reichhaltigen Angebots an Frucht-, Honig-, Menthol- und Karamelbonbons, grünen Hustenpastillen aus Weingummi, Schokoladenbruch, Pistazien, Drops mit Veilchengeschmack, weicher Zuckermasse, Lakritze, Vichy-Bonbons und anderen Süßigkeiten fiel es nicht leicht, sich bei der Auswahl zu beschränken. Großvaters größter Wunsch war es, sich einmal selbst bedienen zu dürfen und die kleine, wie ein gleichschenkliges Dreieck geformte Kupferkelle nach Herzenslust in die wunderbaren Köstlichkeiten zu tauchen, doch die Ladenbesitzer, die mehligweiße Gesichter hatten und in grauen Arbeitskitteln steckten, gönnten ihm dieses Vergnügen nicht. Das war ihre Aufgabe, und tatsächlich bewiesen sie soviel Augenmaß, daß sie das gewünschte Gewicht jeweils nur um wenige Gramm verfehlten und nur ein oder zwei Bonbons hinzuzufügen brauchten, damit sich die beiden Schalen ihrer gewaltigen Roberval-Waage im Gleichgewicht befanden. Diese Präzision zeichnete ihren Stand aus. Es wäre ungerecht gewesen, ihnen die Möglichkeit zu nehmen, ihre Geschicklichkeit unter Beweis zu stellen, die sich die Familie im Laufe eines Jahrhunderts in diesem Laden erworben hatte.

Großvater verließ das Geschäft mit sorgsam zugeklebten weißen Tütchen, mit denen er, kaum daß er wieder in Riancé war, sein Vorratslager auffüllte, eine zylindrische Dose mit Rokokodekor, die er außer Reichweite seiner Enkelkinder oben im Schrank über der Anrichte aufbewahrte. Von diesem Versteck wußten alle, aber man respektierte das Ritual. Er wartete jedesmal, bis alle die Küche verlassen hatten, bevor er sich bediente: eine Handvoll Bonbons für den Tag, die ihm die Taschen verklebten, was

Großmutter in Weißglut versetzte. Wir hörten, wie er den Stuhl über die Küchenfliesen schleifte. Er dachte nicht daran, sein Versteck zu verlegen; wie ein altgewordenes Kind hing er an dieser gymnastischen Übung. Es war seine Art, das Rad der Zeit für einen Moment anzuhalten.

Da er in seiner mit Stoffen vollgestopften Schneiderwerkstatt nicht rauchen konnte, weil er bei der Arbeit keine Hand frei hatte und sich bei Anproben Stecknadeln zwischen die Lippen klemmte, lutschte er als Ersatz seine Bonbons. Leises, speichelfeuchtes Schmatzen war zu hören, ein Glucksen, wenn sich beim Schlucken die Kehle zusammenzog, während er sich mit seinem elfenbeinernen Gesicht aufs Nähen konzentrierte. Auf seinen Zügen lag dann nicht dieser Anflug von Überheblichkeit, der jedesmal von ihm ausging, wenn er eine Zigarette im Mundwinkel hatte, und in seinen kleinen Schlitzaugen zeichnete sich so etwas wie Schicksalsergebenheit ab.

Aber hier bei uns stieg er nach der Mittagsruhe zum Dachboden hinauf. Manchmal vernahmen wir ein gedämpftes Geräusch, etwa wenn er ein Möbelstück hinter sich herzog, wenn etwas umstürzte oder ein Glas zu Bruch ging; das machte uns unruhig. Meistens aber spitzten wir vergeblich die Ohren und glaubten schon, er wäre eingeschlafen. Großmutter zeigte sich besorgt: Was trieb er bloß da oben? Sie fürchtete, er könnte in dem unentwirrbaren Sammelsurium noch eine morgenländische Zauberei entdecken. Wir vergingen fast vor Neugier, doch der Dachboden war für uns tabu. Es bestand zwar kein ausdrückliches Verbot, aber wenn Großvater in seinem Reich waltete, wagten wir einfach nicht, ihn zu stören. Sein beharrliches Schweigen, seine Art, jemanden anzusehen, ohne ihn wirklich zu sehen, wobei er die Augen im Qualm seiner Zigarette zusammenkniff, schufen um ihn herum eine Sperrzone, in die niemand ohne seine Billigung eindrang. Eine Stunde vor dem Abendessen kam er herunter, eine Spinnwebe im Haar und Staub auf dem Jackett, bürstete sich sorgfältig ab, zog zwischen zwei Fingernägeln die Bügelfalte seiner Hose nach (Großmutter hatte ihn vergeblich ermahnt, sich Arbeitskleidung überzuziehen) und forderte uns auf, mit ihm zusammen die Hände waschen zu gehen.

Eines Abends faßte sich Großmutter bei Tisch ein Herz und erkundigte sich, was er denn dort oben treibe. Er wich der Antwort aus und fragte seinerseits Mama, ob sie über die Sache mit Commercy im Bilde sei. Verwundert, daß überhaupt noch jemand das Wort an sie richtete, an sie, die schon kaum mehr unter den Lebenden weilte, blickte Mama auf. Großvater hakte nicht nach. An einem Sonntag allerdings sprach er Mathilde über die Lorbeerhecke zwischen den Gärten hinweg auf dasselbe Thema an. Sie machte eine Handbewegung, als wischte sie etwas weg, wovon sie nichts mehr wissen wollte.

Um diese Zeit starb unsere kleine Tante. Uns fiel auf, daß es der 19. März war, der Tag des heiligen Joseph, als hätte sie trotz ihres bewußtlosen Dahindämmerns jeden Tag einen prüfenden Blick auf den Kalender geworfen und absichtlich den Tag auserkoren, der mit ihrem kürzlich verstorbenen Neffen und dem nach so langer Zeit unvergessenen Bruder gleichermaßen in Verbindung stand.

Am Tag der Beerdigung wehte ein diabolischer Wind. Chorhemden flogen ebenso hoch wie Frauenröcke. Die Ministranten hielten zu mehreren die Stange der großen Kirchenfahne mit den silbernen Tränen als Emblem fest, die bei jedem Windstoß hin und her schlug, sich einrollte, aufbauschte und Gefahr lief, abgerissen zu werden. An der Spitze der Prozession trug ein Mann das bronzene Kruzifix und stemmte sich gleich einem Hellebardier gegen den Sturm. Pfarrer Bideau, der seine Stola nicht mehr festhalten konnte, hatte sie sich wie einen Schal um den Hals gewickelt. Mit ihren goldglänzenden Pailletten flatterte sie hinter ihm her. Der Wind blätterte die Seiten des Meßbuches schneller um, als der Pfarrer lesen konnte. Aus Angst, das hauchdünne Papier könnte zerreißen, schlug er das Buch zu und sprach die Gebete aus dem Stegreif. Die Kirchenlieder, die er danach aus Leibeskräften anstimmte, wurden von einer eiskalten Bö in Richtung Landstraße nach Paris davongetragen, bevor die Trauergäste Zeit hatten, in den Gesang einzufallen. Der für den Weihwasserkessel zuständige Ministrant hatte schon die Hälfte der kostbaren Flüssigkeit über seine kleine Soutane geschüttet. Am Grab angekommen, mußte man sich beim Asperges me den Rest teilen und tauchte den Wedel nur der Form halber in den Kessel. Das Heulen des Windes schluckte das Fußgetrappel des Leichenzuges, das Atmen fiel schwer, und mit gesenktem Kopf folgte ein jeder vertrauensvoll seinem

Vordermann, einzig und allein darauf bedacht, nicht fortgeweht zu werden. Großmutter und Mama hatten die Schleier gelüftet, Großvater hielt den Hut fest in der Hand, ein paar Trauergäste stürzten einer Baskenmütze oder einem Schal hinterher. Der von Monsieur Biloches Pferd gezogene Leichenwagen schwankte, der schwarze Überwurf klatschte dagegen und umflatterte den Leichnam wie eine Rabenschar. In der großen Kurve kurz vor dem Friedhof wäre er um ein Haar umgekippt (es war seine letzte Fahrt – in der Folge wurden die Verstorbenen in einem Krankenwagen transportiert). Biloche junior meinte, man könne nicht weiterfahren, ohne um die Unversehrtheit der Toten fürchten zu müssen. Er wählte aus dem Gefolge drei kräftige Männer aus. Sie packten den Sarg, zogen ihn unter dem Baldachin hervor und hievten ihn, nachdem sie sich mit einem kurzen Blick verständigt hatten, mit vereinten Kräften und einer Leichtigkeit, die sie selbst überraschte, auf ihre Schultern. Der Schwung, den sie dabei an den Tag legten, war für das Federgewicht unserer Tante viel zu groß. Der Sarg machte einen Hüpfer wie ein Freiwilliger beim Feuerwehrfest nach der Landung im Sprungtuch. Von männlichen Schultern getragen und gestützt von den Wangen der Träger, überschritt unsere jungfräuliche Tante Marie, die in ihrer viel zu großen Kiste womöglich hin und her rollte, gleich einer Königin die Schwelle zu ihrer letzten Bleibe, und sicherlich errötete ihre scheue Frauenseele bei der Vorstellung, daß solch stattliche Männer sie auf den Schild gehoben hatten.

Nach der Rückkehr vom Friedhof stieg Großvater

ein letztes Mal zum Dachboden hinauf, denn der Zeitpunkt war gekommen, die Schuhschachtel zu holen. Als er herunterkam, übergab er sie Mama mit ein paar erklärenden Worten. Mama hörte ihm nur mit halbem Ohr zu, und da sie nicht wußte, wohin mit der Schachtel, stellte sie sie auf eine Ecke des Schreibtischs, wo sie schon bald unter allerlei Papieren verschwand. Das betagte Paar lud seine Koffer in den 2 CV – kurze Abschiedsszene auf dem Bürgersteig vor dem Geschäft (Großvaters Schnurrbart piekste, Großmutters war ein bißchen weicher), Rührung, die auf beiden Seiten mehr schlecht als recht ein Gefühl der Erleichterung, aber auch des Scheiterns überdeckte. Kaum war das Auto um die Ecke gebogen, stürmten wir ins Obergeschoß, um nachzusehen, was sich dort verändert hatte.

Der Dachboden war nicht wiederzuerkennen. Wenn man unter Ordnung nichts anderes als eine subjektive algorithmische Variation der Unordnung versteht, kann man sagen, daß Großvater, indem er den Raum aufräumte, eine neue Art der Unordnung geschaffen, ein Chaos also durch ein anderes ersetzt hatte, nur, daß uns das neue nicht vertraut war. In den Regalen war im Lauf der Zeit wertvoller Zivilisationsmüll gelagert worden, eine Art stratigraphischer Querschnitt durch die aufeinanderfolgenden Generationen und deren grundlegende Auffassung davon, was überleben sollte. Großvater hatte, indem er das Arrangement dieses Sammelsuriums veränderte, die Zeiten vertauscht und die Seiten unseres Familienalmanachs durcheinandergebracht. All unsere Bezugspunkte waren dahin. Mit denselben Zutaten hatte er ein anderes Gemälde, eine andere Geschichte entworfen. Wir mußten uns an diese Neuordnung unseres Gedächtnisses erst einmal gewöhnen, an das Männchen aus blauer Keramik im Käfig des Kanarienvogels, an den Rosenkranz mit den schwarzen Kugeln, der am Hals des einarmigen kleinen Bären hing, für den Papa die Geschicklichkeit einer Näherin gebraucht hätte, um ihm seinen Arm wieder anzufügen, an die bronzenen Kerzenleuchter, die als Stützen für einen Stapel Schellackplatten dienten (auf einer von ihnen erzählte ein Komiker namens Bach lustige Soldatengeschichten), an die ungebündelt in einer Wiege aus Weidengeflecht liegenden Zeitschriften, die hundert Jahre lang regelmäßig die richtige Art, Kalbsbries zuzubereiten, propagiert hatten, an den Spiegel, der auf dem staubigen grauen Fußboden entzweigegangen war und in dessen Scherben sich die Dachsparren spiegelten, an den verwaisten Schuh, der auf einem Stapel fein säuberlich verschnürter Rechnungen lag und für die nächsten tausend Jahre bekräftigen sollte, daß sie sehr wohl bezahlt waren, an all die Gegenstände, die einfach aufgetaucht waren und keine Legende hatten: den Stechheber aus Weißblech, die kegelförmige Granatspitze aus Messing, das an einen chinesischen Hut erinnernde, wie eine Schürfpfanne an vielen Stellen durchlöcherte Ding, das spiralförmige Werkzeug, die sinnigerweise in mehrere Fächer unterteilte Holztruhe. Bei der Umwälzung waren nämlich nicht nur Gegenstände zutage gefördert worden, die zuvor verschüttet oder in Vergessenheit geraten waren, sondern allem Anschein nach auch solche, die noch nie jemand gesehen hatte.

So hatte Großvater auch eine Anzahl von Porträtaufnahmen ausgegraben und sie gegenüber dem Voltaire-Sessel mit der gebrochenen Armlehne nebeneinander aufgestellt – wo er manchmal gesessen haben mochte (ein mit Zigarettenstummeln gefüllter Aschenbecher auf dem Boden zeugte davon), um sie zu ordnen; seine Ordnung diente aber nicht etwa genealogischen Zwecken, er hatte vielmehr nach Ähnlichkeiten, morphologischen Affinitäten gesucht, nach Hinweisen auf unendliche Selbsterneuerung des Lebens durch Reinkarnation, als könnte der rote Faden der Gemeinsamkeiten, der die verschiedenen Generationen durchzog, Unsterblichkeit garantieren. Angesichts dieser Teile von uns selbst, die wir auf den uns zumeist fremden Gesichtern aus alten Zeiten wiedererkannten, konnten wir nicht abstreiten, daß etwas von ihnen in uns fortbestand. In den Augen einer fernen Ahnin (die Photographie sah aus wie eine Daguerreotypie) erkannten wir unmißverständlich Zizous Augen, und es hatte etwas Beunruhigendes, wie ein Augenausdruck über den Tod hinaus weiterbestehen konnte.

Und dann war da noch die Schuhschachtel. Die feierliche Übergabe, das geheimnisvolle Gemurmel – es lag auf der Hand: Die wichtigsten Funde hatte Großvater in diesem Karton verwahrt. Wir schüttelten die Schachtel. Nichts klimperte. Doch selbst wenn sie kein Geld enthielt, würde sie uns dennoch den Nachweis unserer ruhmreichen Vergangenheit liefern.

Es lagen Photos, Postkarten, Briefe, eine Brosche, ein Medaillon und zwei Hefte darin. Die anfangs sehr saubere Schrift in dem einen der beiden Hefte, das noch zerfledderter war als das andere, wurde von Seite zu Seite immer schludriger und fast unleserlich, wobei es sich gegen Ende ohnehin nur noch um ein paar aufs Papier geworfene Bemerkungen handelte, die sich im Weiß der letzten unbeschriebenen Bögen verloren. Auf den Photos waren Papas Eltern abgelichtet: Pierre in seinem Wagen oder in Militäruniform, die dralle Aline in einem Sessel, ein schwarzweiß geschecktes Hündchen auf dem Schoß, oder als lächelndes Mädchen. Alles Geschriebene stand zu diesen Photos in irgendeiner Weise in Bezug, abgesehen von einem Votivbildchen, das besser ins Gebetbuch unserer Tante gepaßt hätte. Bei näherer Betrachtung erkannte man jedoch, daß das auf die Rückseite gedruckte Gebet stark patriotisch gefärbt war. Es handelte vom Ersten Weltkrieg, in dem Gott sich eindeutig für ein Lager entschieden hatte – für Frankreich, diese alte Tochter der Kirche. Bei einem solchen Beistand konnte es über den Ausgang des Kampfes keinen Zweifel geben. Joseph, Maries geliebter Bruder, hätte sich bestimmt gefreut. Leider bescheinigte ein handschriftlicher Vermerk, daß er tatsächlich am 26. Mai 1916 in Tours seinen Verletzungen erlegen war. Wir gaben dem Totenbild einen Platz auf dem Büffet und legten auf Nines Anregung statt dessen das goldene Gebiß und die beiden Trauringe in die Schachtel.

Was befindet sich im Inneren einer Nuß? Die Phantasie spielt verrückt: Ali Babas Höhle? Das

Holz des wahren Kreuzes? Rudolph Valentinos Stimme? Wir knacken und essen sie. Wir erfahren, daß sie Spurenelemente und Vitamine, Kohlehydrate und Öle enthält und daß Ali Babas Höhle nur in Scheherezades Kopf existiert, das Holz des wahren Kreuzes im Baum der Erkenntnis und Rudolph Valentinos Stimme im Blick des Tauben.

III

Die Konzilsväter, die sich in Byzanz den Kopf über das Geschlecht der Engel zerbrachen, waren in den Augen unserer kleinen Tante von Pornographie nicht weit entfernt. Wie verlegen war Papa gewesen, als wir vor dem Entbindungsheim im Wagen warteten, weil Mama jemanden besuchte und uns Kinder nicht mitnehmen durfte, und er auf die Frage antworten sollte, woran man bei diesen Winzlingen aus rosa Fleisch die Mädchen von den Jungen unterscheiden könne? Er zögerte kurz und trommelte mit den Fingern auf dem Rand des Lenkrads, was eine gewisse Gereiztheit verriet. Am Phallus oder Penis? Zu wissenschaftlich. Am Glied? Nein, das klang zu schlaff. Oder am Zipfelchen? Kindisch (Kinder waren auch nicht mehr das, was sie mal waren). Plötzlich kam ihm die Erleuchtung – und mit verschmitztem, leicht verlegenem Lächeln drehte er sich zu uns um: »Am Wasserhahn.« Unser wunderbarer, prüder Papa!

Mehr Auskünfte zu diesem Thema gab es nicht, dafür später um so mehr Probleme, nämlich als wir herausfanden, daß der »Wasserhahn« eine Doppelfunktion hat. Vorerst gaben wir allerdings Ruhe. Der Pfeil zitterte noch eine Weile, aber er hatte ins Schwarze getroffen. Die Aura der Verschwiegenheit, die den runden Bauch von Müttern umgab, verstärkte unseren Eindruck noch, daß da etwas Nebulöses und Abstruses auf uns zukam, und je näher es rückte, desto argwöhnischer und zurückhaltender wurden wir – in einem Maß, daß man hätte meinen können, uns sei nicht viel am Leben gelegen und dem Leben auch nicht an uns.

Manchmal stießen wir auf versteckte Hinweise, so in der Liedersammlung aus Alines Mädchenzeit (Dieses Buch gehört:..., Unterschrift:...), in der Schuhschachtel. Sie enthielt sämtliche Lieder von Théodore Botrel, dem bretonischen Barden aus Paimpol mit seinem Chanson *La Paimpolaise*, und andere wie *Ich hab' zwei große Ochsen* und *Du bist mir viel zu klein, mein Freund* (als ich sechzehn war, machte mir das Lied angst, weil auch ich eher zu klein als zu groß war). In einem kam ein frivoler Gegenstand vor, der sich dehnen und zusammenziehen konnte und nichts anderes war als – richtig geraten, meine Damen – ein Strumpfband. Das Quidproquo wurde bis zur letzten Strophe durchgehalten, und des Rätsels Lösung sorgte am Ende eines Banketts bestimmt für allgemeines Aufatmen, das dann rasch überspielt wurde durch ein braves Liedchen wie *Ich weiß von einem Dorf mit einer Kirche klein, die im Teich betrachtet ihren Widerschein.*

Wie stellte sich unsere alte Marie an, als sie Nine, wie diese uns später erzählte, an dem Tag, als Nine zum erstenmal die Regel bekam, beichtete, daß die Menstruation in ihrem eigenen Leben nur ein kurzes Zwischenspiel von acht Jahren dargestellt hatte: von achtzehn (was nicht gerade von ausgesprochener Frühreife zeugte) bis sechsundzwanzig – eine Entgleisung der Natur, als wollte sie den Aufwallungen der Liebe in einem so schwächlichen Körper möglichst wenig Vorschub leisten; und so verbrachte unsere kleine Tante fortan ihre Zeit damit, den Heiligen nachzueifern und Kinder zu unterrichten: zweitausend kleine Mädchen, über fünfzig Jahre verteilt, drei Generationen, ebenso viele Republiken, zwei Weltkriege, und gegen Ende betete sie mit ihren Schülerinnen sogar noch für den Frieden in Algerien.

Sie ist die geborene Lehrerin, denn sie betrachtet es als ihre Pflicht gegenüber dem Herrn und als ihre Berufung, dafür zu sorgen, daß kein Feigenbaum ohne Früchte bleibt. So ist es ihr sogar gelungen, einer gestörten, fast autistischen jungen Frau, die völlig zurückgezogen lebt und uns jedesmal ein bißchen Angst einjagt, wenn wir zu ihren Eltern gehen und ein »Huhn für fünf Personen« bestellen, Lesen, Schreiben und Rechnen beizubringen. Die junge Frau sitzt in der Küche in einem finsteren Winkel zwischen Wand und Anrichte, trägt um die schmächtigen Schultern eine Jacke von so flammendem Rot, daß es sie zu verzehren scheint, und wakkelt im Rhythmus ihrer eintönigen Gedanken und des quietschenden Korbstuhls langsam mit dem Kopf. Ihr ganzer Körper ist wie das Pendel einer Uhr, als lebte sie nur, um die ihr verbleibende Zeit zu messen. Manchmal zieht sie den Kragen der Jacke fest um den Hals und fröstelt, als würde ein heftiger Kälteschauer sie durchlaufen. Ihr stets nach vorn geneigtes Gesicht verbirgt sich hinter dem vollen Haar, das im Takt ihrer unablässigen Bewegung hin und her schwingt. Ein Fuß steht auf dem anderen, beide stecken in zu großen Pantoffeln, und die Strümpfe sitzen schlecht. Blicken weicht sie aus, und auf unseren Gruß antwortet sie immer nur mit einem Brummen. Ist die Anwesenheit ihrer Mutter bei unserem Besuch nicht unbedingt erforderlich, trägt sie eigenhändig die Bestellung in ein Heft ein, das sie aus einer Schublade der Anrichte zieht. Ihre Schrift ist krakelig und unbeholfen, sie hat etwas von einem Wunder an sich, etwas vom schaukelnden Gang eines Menschen, der einmal gelähmt war und seinem katastrophalen Gebrechen jeden Schritt abtrotzen muß. Manchmal streckt sie dabei die Zunge heraus. Man muß ihr einmal zugesehen haben: Über das Blatt gebeugt, eifrig wie jemand, der lebenslänglich zum Lernen verurteilt ist, ringt sie sich die Worte ab, als wären sie Kinder, mit denen sie unter Schmerzen auf dem dicken Papier niederkommt. Der Kopf liegt fast auf dem linken Unterarm, der zusammen mit dem dichten Vorhang ihres Haars einen Schutzwall gegen unsere Blicke bildet, und wenn das Werk vollbracht ist, klappt sie, ohne daß sich auf ihrem stets geistesabwesenden Gesicht ein Ausdruck der Verlegenheit oder des Triumphes abzeichnete, das Heft zu, legt es zusammen mit dem Bleistift wieder in die Schublade und kehrt mit gesenktem Kopf zum Sessel zurück – für uns das Zeichen zu gehen, sie ihren Abgründen zu überlassen und selbst in die Düsternis der zur Landstraße führenden und an den Weg ins Jenseits gemahnenden Zedernallee einzutauchen. Das Wechselgeld gibt sie allerdings korrekt heraus. Ihre Eltern sind darauf sehr stolz und unserer kleinen Tante so dankbar, daß sie es sich nicht nehmen lassen, jedesmal ein paar Eier aus ihrem eigenen Hühnerstall mit in die Tasche zu legen.

Vielleicht, weil ihr der Erfolg zu Kopf gestiegen oder sie sich des göttlichen Wohlwollens gewiß war, wollte unsere Tante ihr Talent auch an der kleinen Annie ausprobieren, doch diesmal mußte sie kapitulieren. Die kleine Annie, ein altersloses, ständig lächelndes Wesen mit großem Kopf und mongoloiden Schlitzaugen, spazierte in ihrem Schulkittel, mit weißen, bis zum Knie hochgezogenen Strümpfen und im adrett frisierten Haar eine Spange und hübsche Schleifchen, auf die sie stolz war und von denen sie glaubte, daß sie ihr eine elegante Note verliehen, unbeaufsichtigt im Ort herum und erzählte unermüdlich jedem Passanten, der sich nach ihrer Gesundheit erkundigte, wie ein Jude, der fern von Jerusalem im Exil weilt: »Morgen kleine Annie in Paris.« Ihr Wunsch wurde schließlich erhört: In Paris lebte sie mit ihrem überzähligen Chromosom noch eine Weile in der Diaspora und starb schließlich in Passy, in einem Zimmer über der Bäckerei ihrer älteren Schwester. Ob sie den Leuten in dem feinen Pariser Viertel, die vielleicht nicht so verständnisvoll sind wie wir, ebenfalls erzählt hat, daß sie schon morgen nach Paris gehen würde, wie ein Mensch, der mitten im Wald steht und vor lauter Bäumen den Wald nicht sieht? »Paris« war im übrigen das einzige Wort, das sie lesen konnte, dank eines Tricks unserer kleinen Tante, die statt des As einen Eiffelturm malte, so daß die kleine Annie, wenn sie das Bauwerk in seinen natürlichen Ausmaßen vor sich sah, bestimmt die einzige unter Millionen von Besuchern war, die aus dem Flechtwerk von Eisenträgern den Namen der Stadt herauslas.

Unsere arme kleine Tante! Wie oft mischte sie sich mit kleinmädchenhafter Stimme und aufgesetzter Heiterkeit in ein Gespräch ein, ohne daß man sie dazu aufgefordert hätte, weil sie sich ärgerte, daß man sie nicht mit einbezog. Sie hatte die Angewohnheit, zu allem und jedem ihren Senf dazuzugeben. (Darüber regte sich Papa auf, der einfach nicht begreifen wollte, daß auch sie eine Meinung über diesen oder jenen Fußballspieler hatte. Wies er sie deshalb zurecht, ließ sie sich mit Blick auf eine künftige Diskussion dennoch den Namen des Spielers wiederholen, damit sie dann über ihn sprechen konnte wie über einen alten Bekannten.)

Doch an diesem Tag begibt sie sich auf fremdes Terrain. Sie fürchtet es wie eine Pest der Seele, darüber zu sprechen, aus welchen Gliedern der menschliche Körper besteht und wie Kinder gezeugt werden, und nur die Gunst der Epoche hat sie davor bewahrt, diese Themen im Unterricht behandeln zu müssen. Andererseits will sie lieber mutig den Sprung ins kalte Wasser wagen, statt allein auf ihrer Insel sitzenzubleiben, und so steuert sie bei, was sie von diesen Dingen weiß, ihre bescheidene Erfahrung, ihren kleinen Stein zum Tempelbau der Erkenntnis – und gäbe es Nine nicht, würde niemand ihr Beachtung schenken. Da ihre Worte auf wenig Interesse stoßen, wiederholt unsere Tante immer und immer wieder, als hätte sie der heiklen Akte mit dem Titel Sexualität ein wichtiges Dokument hinzuzufügen, daß sich das Problem in ihrem Fall im Alter von sechsundzwanzig Jahren ein für alle Male erledigt habe, und ihre vom Schicksal verfügte Amenorrhö bekümmere sie nicht etwa, sondern sei das Beste, was ihr habe passieren können – es sei eine wahre Erlösung, nicht Monat für Monat auf lästige Weise an seine Weiblichkeit erinnert zu werden, so etwas wie eine Gnade Gottes, die es ihr erlaube, nun, da Leib und Seele gereinigt seien, auf den Trümmern ihres Frauenlebens das lautere Dasein einer glücklichen Lehrerin aufzubauen, dem Allmächtigen zum Ruhme.

Man zog sie ein wenig auf und tat erstaunt, daß sie nie geheiratet hatte. Sie beteuerte, das habe einzig und allein an ihr selbst gelegen, an Verehrern habe es nicht gemangelt, doch was diese betraf, hüllte sie sich trotz unseres Drängens in geheimnisvolles Schweigen. Betrachtete man jedoch ihre hagere, farblose Gestalt, stellte man sich die Verehrer eher unscheinbar und nicht sonderlich liebenswert vor, und dann begriff man, warum sie lieber eine alte Jungfer und unbefleckte Mutter von vierzig Kindern im Jahr geworden war.

Nur ein einziges Mal ertappte man sie in flagranti beim Kokettieren, und zwar bei der Hochzeit von Papa und Mama. Auf einem Photo ist sie mitten im Brautgefolge an Großvaters Arm zu sehen, in einem langen Kleid, schwarz und enganliegend, einen breitkrempigen Hut schräg auf dem Kopf, dazu schwarze Handschuhe, schwarzes Täschchen, das Kinn ihres eingefallenen und schon ganz bleichen Gesichtchens triumphierend in die Höhe gereckt. Dieser verhaltene Schwanengesang zu Ehren ihres Neffen kann dreißig Jahre Verzicht und Selbstaufgabe jedoch nicht ungeschehen machen. Es umgibt sie bereits die Aura einer alten Frau, vielleicht ist sie schon in ihrem sechsundzwanzigsten Lebensjahr alt geworden. Man kann sie sich nicht vorstellen, wie sie die Geschäfte abklappert, um sich ein Kleid zu kaufen und sich dann, ganz in Schwarz, vor einen Spiegel zu stellen und die Hände über ihre dürftigen Rundungen wandern zu lassen. Wahrscheinlicher ist, daß sie ihre Aufmachung Großvater verdankt, der in der Tat einen nicht geringen Teil der Hochzeitsgesellschaft ausstaffiert hat. Jedenfalls wirkt sie ganz entzückt und versucht nicht etwa, sich vor dem Photographen zu verstecken, sondern hält den Kopf leicht zur Seite geneigt, wie wir es von jeher kennen und oft liebevoll bespöttelt haben, denn das ist typisch für sie, es ist ihr Markenzeichen. Als wir später mit Modiglianis Frauenbildnissen konfrontiert werden, sind wir ein wenig enttäuscht darüber, daß diese Kopfhaltung anderen Frauen Ruhm einträgt, wo der Ruhm eigentlich ihr zusteht. Einmal im Leben ein Anflug von Eleganz, eine kühne Anwandlung – damit hat sie sich nicht zuviel herausgenommen. Zumal ihr durchaus bewußt ist, daß die schmeichelhaften Blicke, das allgemeine Interesse weniger ihr als der Spitze des Zuges gelten. Sie weiß sehr wohl, daß sie nicht die geradezu pariserische Vornehmheit von Großvater besitzt, der sie am Arm geleitet. Er trägt das Jackett mit jener aristokratischen Haltung, die er sich im Umgang mit vornehmen Herren angeeignet hat. Man sieht ihr an, daß sie sich beim ersten Fauxpas am liebsten zu ihrem bequemen Rock, ihrer Einkaufstasche aus schwarzem, abblätterndem Lackleder und ihrem Häuschen im Garten flüchten würde, um, nachdem sie mit diesem schönen Tag innerlich abgeschlossen hat, die Jahre bis zu ihrer letzten Monatsregel zurückzuzählen. Als wir einmal gemeinsam mit ihr nachrechnen, statt ihre Geschichten mit gelangweilter Miene abzutun, erleben wir eine Überraschung: Sie ist 1890 geboren und hat im Jahr 1916 zum letztenmal ihre Menstruation gehabt, und zwar, wie genauere Nachforschungen ergeben, im Monat Mai, dem Monat, in dem ihr Bruder Joseph umgekommen ist.

All dies erzählte sie uns und stellte dabei ihre kabbalistischen Berechnungen in den Raum. Wie lange hatte sie ihren heimlichen Kummer verschwiegen, hatte sie ihr Blut zurückgehalten, wie andere die Tränen, nachdem der Tod des Bruders ihr Leben für immer aus dem Lot gebracht hatte!

Ein Jahr ist es bereits her, seit nördlich von Ypern an der Front bei Steenstraat zum erstenmal Kampfgas eingesetzt wurde, weshalb man diese neue Errungenschaft Yperit taufte. Ihr Erfinder war auf sie allerdings nicht so stolz, daß er ihr gern seinen Namen gegeben hätte, so wie Pasteur der Pasteurisierung und Lecoq dem Gallium – von *gallus*, Hahn, und obwohl sich Lecoq gegen die gallische Schreibweise seines Namens entschied, nahmen die deutschen Chemiker Anstoß daran und nannten fünfzig Jahre später ein von ihnen entdecktes Element, ein Metall, sozusagen zur Vergeltung Germanium. Vor dieser Tendenz, dem Namen des eigenen Landes Dinge einzuverleiben, vor diesem »...über alles in der Welt« hätte man sich besser in acht genommen. Der grausame Gasmann, der in der Abgeschiedenheit des Labors seine Chlorcocktails an kleinen Opfertieren ausprobierte – während sich am Horizont seiner Forschungsarbeit bereits die Todeslager abzeichneten –, war sich durchaus bewußt, daß er gegen das Haager Abkommen verstieß, in dem die zänkischen Völker, um Kosten zu sparen, übereingekommen waren, den nächsten Krieg streng nach Reglement zu führen, nach ritterlichem Ethos und den Gepflogenheiten des Duells, als eine weltumspannende Spielart des Combat des Trente, wo man sich auf den Feldern dreier Departements angeblich gegenseitig umbrachte, ohne das Schlachtfeld auszuweiten und der Masse der Freibauern, die sich um die Händel der Landesfürsten noch nie gekümmert hatten, Schaden zuzufügen.

Das Kampfgas wurde zu Friedenszeiten entwikkelt, in denen sich gesunde, vernunftbegabte Menschen krankhafte Dinge ausdachten. Wie konnte man da von Joseph verlangen, dessen Lungen verätzt waren, sein Leid nicht hinauszuschreien? Es gab Monate, da waren es nicht dreißig, sondern Millionen, eine dezimierte, erschöpfte Schar von Todgeweihten, die an Somme und Marne im Schlamm lagen, die sich, halb besinnungslos und übernächtigt, um eines Hügels willen, den sie am Vortag verloren hatten, in mörderische Gegenangriffe stürzen und ganze Divisionen massakrieren mußten. Wie Figuren auf einem Schachbrett wurden sie auf Generalstabskarten von Verrückten wie Nivelle hin und her geschoben – Schlieffen-Plan gegen Plan XVII, ein Tête-à-tête der Platzhirsche, deren Geweihe sich ineinander verkeilten. Die Regeln des Krieges, die der letzte große Heerführer in der Schlacht bei Fontenoy noch hochgehalten hatte, führten in diesem Tauziehen der Landvermesser zu Leichenbergen wie in einem Schlachthaus und verwandelten das Kampfgebiet in eine Schweinesuhle. Die Kosten wurden schier erdrückend. Da machte sich der kleine Chemiker verdient, indem er ein gutes Geschäft vorschlug: Ein Kilogramm Sprengstoff kostete 2,40 Mark, dieselbe Menge Chlorgas, die weit größere Verheerungen anrichten könne, dagegen nur 18 Pfennige. Verglichen mit den Milliarden, die man an die Waffenschmieden zahle, koste der Sieg einen Pappenstiel, man müsse nur die Augen zumachen.

So kam es, daß Joseph über der Ebene von Ypern ein olivgrünes Morgengrauen erlebte. Gott stand an diesem Tag auf der Seite der anderen. Der Wind verbündete sich mit ihnen und wehte den grünen Nebel auf die französischen Stellungen zu. Es war eine große, weiche Masse, die sich schwerfällig über das Land wälzte, sich an die geringsten Unebenheiten des Geländes schmiegte, in die Granattrichter strömte, Wälle und Stacheldrahtverhaue umhüllte. Sie ähnelte der senkrechten Flutwelle, die einst im Roten Meer die Kampfwagen des Pharaonen unter sich begraben hatte.

Der Offizier befahl, das Feuer zu eröffnen. Er argwöhnte, daß dieses Blendwerk einen Großangriff tarnen sollte. Dies war vermutlich das erste Mal, daß Menschen versuchten, den Wind zu töten. Das Gewehrfeuer wirkte zwar auf die Gemüter befreiend, konnte die unerbittlich herannahende, ihren eigenen Gesetzen gehorchende, brodelnde Masse jedoch nicht aufhalten. Als sie so nahe war, daß sie die Männer fast berührte, hoben sie einen Arm als lächerlichen Schutz vor ihre verstörten Augen und fragten sich, was für eine Grausamkeit man sich nun wieder ausgedacht hatte, um ihnen Unglück zu bringen. Schon strömten die ersten Gasschwaden in die Schützengräben.

Und siehe da, plötzlich war die Erde nicht mehr die wohlgeformte, wunderschöne blaue Kugel, wie wir sie jetzt bewundernd von den Tiefen des Alls aus betrachten. Über Ypern breitete sich ein gräßlicher grünlicher Fleck aus. Oh, gewiß, auch die methangeschwängerte Dämmerung in der Morgenfrühe der Welt nach ihrer Erschaffung war unwirtlich, und dieses Blau, um das man uns beneiden könnte, das Sonnenlicht, das sich in unseren Augen bricht, ist ebensowenig von Dauer wie unser Leben. Es wandelt sich je nach den Jahreszeiten der Natur und der Grausamkeit der Menschen zu Purpurrot oder Safrangelb; aber dieses Pistaziengrün entlang der Yser verhieß Unheil. Jetzt kriecht der chlorhaltige Nebel ins verästelte Gewirr der Gräben, dringt in die Unterstände (einfache, mit Brettern abgedeckte Schützengräben), nistet sich in Vertiefungen ein, strömt durch die Mauerreste der Kasematten, sickert in die unterirdischen Kammern, die bisher von den Granaten verschont geblieben sind, verseucht den Proviant und die Wasserreserven, breitet sich unerbittlich im Raum aus, so daß der panische, verzweifelte Versuch, frische Luft in die Lungen zu saugen, vergeblich unternommen wird und in Wahnsinn und grauenhaften Qualen endet. In einem ersten Reflex steckt man den Kopf in die Uniformjacke, doch ist der Vorrat an Sauerstoff darin so gering, daß er nach dreimaligem Einatmen erschöpft ist. Man muß den Kopf also wieder herausziehen und nach längerem Luftanhalten das schaurige Gasgemisch einatmen. Wir haben den zwanzigjährigen Greisen, deren Erfahrung uns helfen könnte, die Wege des Schreckens nachzuvollziehen, wohl nie richtig zugehört: unerträgliches Brennen in Augen, Nase und Kehle, quälende Schmerzen in der Brust, heftiger Husten, der das Brustfell und die Bronchien schier zerreißt und blutgetränkten Speichel auf die Lippen treibt, der Körper vornübergebeugt und sich schüttelnd beim Erbrechen des bitteren Auswurfs, überall zusammengebrochene, gekrümmte Gestalten, die schon bald der Tod dahinraffen wird und auf denen die Robusteren herumtrampeln, während sie sich, die Hände auf den Rand des Schützengrabens gestützt, nach oben zu stemmen versuchen, um diesem wimmelnden menschlichen Gewürm zu entkommen, doch die Füße verheddern sich in den entlang der Wand mit Klammern befestigten Telephondrähten, und der kleine Erdrutsch, den sie auslösen, legt Stück für Stück die Leichenteile frei, die im vergangenen Herbst im Schanzwerk in Massen verscharrt worden sind, und kaum hat jemand es nach oben geschafft, beginnt der zähe Wettlauf durch den grünen Dunst und den ekligen Morast, ein Bein versinkt plötzlich im weichen Lehm, und die Mühe des Herausziehens strengt die Lunge übermächtig an, die Männer stürzen in übelkeiterregende Lachen, eisiger Schlamm bedeckt Hände und Füße, der Körper wird noch immer von einem schmerzhaften Röcheln erschüttert, und wenn sie den Nebel endlich hinter sich haben – o frische, klare Luft! –, mäht flächendeckendes Artilleriefeuer, dieses altbewährte Mittel der Kriegsführung, die Entkommenen nieder. Nur mit viel Glück erreicht der eine oder andere die hinteren Linien.

Joseph ist einer von ihnen – oder ist er kurz vor dem Ziel von einem gutherzigen Namenlosen aufgelesen und in Sicherheit gebracht worden? –, doch sein Zustand gibt Anlaß zur Sorge: innere Verletzungen, voraussichtlich Amputation eines Lungenflügels. Man bringt ihn nach Tours, was kein gutes Zeichen ist. Er sieht, daß er Richtung Heimat fährt, daß für ihn der Krieg zu Ende ist. Er findet sogar die Kraft, verständnisvoll zu nicken, als er trotz seines schlimmen Zustands beneidet wird. Die unversehrten Soldaten würden in ihrer Ahnungslosigkeit bereitwillig einen Lungenflügel hergeben für die Verheißung, von Frauen umsorgt zu werden.

Unverzüglich wird ein Regiment Marokkaner losgeschickt, um die verlorenen Stellungen zurückzuerobern. Das Gas hat sich zwar noch nicht verflüchtigt, doch die Männer aus der Wüste sind an Sandstürme gewöhnt, an das Brennen in Augen und Bronchien.

Die Fahrt in die Touraine ist lang. Der Krankentransport bewegt sich nur langsam vorwärts, um die Leiden der Verwundeten nicht noch zu vergrößern. Bei den Krankenwagen hat man improvisieren müssen, die Federung ist mehr als dürftig, die Straßen sind in schlechtem Zustand, und die Schlaglöcher entreißen den Soldaten Schmerzenslaute. Joseph wird ungeduldig. Jetzt, wo bekannt ist, welches Ende es mit ihm nehmen wird, wäre es vielleicht das beste, noch zahllose Kilometer mehr zurückzulegen, um die Ankunft so lange wie möglich hinauszuzögern. Doch er leidet zu sehr. Chartres, Châteaudun, Vendôme – bald sind wir da.

An den Wortfetzen und den vom Grauen verzerrten Gesichtern ist zu erkennen, daß die Bilder der Hölle im Fieberwahn noch einmal vor dem geistigen

Auge der Verwundeten ablaufen: halbverschüttete, zerfetzte, in Stacheldrahtverhauen hängende Leiber in Blau, wie in einem Vogelnetz gefangene Stare, denen der letzte Trost verwehrt ist, nämlich sich auszustrecken und, die Wange an die feuchte Erde gepreßt, auf den erlösenden Tod zu warten, Leiber, plötzlich mit neuem Leben erfüllt und wie von einem grotesken Schluckauf geschüttelt, wenn eine verirrte Kugel sie trifft, oder, von der Druckwelle einer Explosion emporgerissen, wie Strohpuppen durch die Luft fliegend und an dem von Blitzen zerrissenen Himmel mit verrenkten Gliedern das vollbringend, wovon Ikarus geträumt hat, bevor sie ein letztes Mal die aufgewühlte Erde küssen, vor Schreck aufgerissene Münder, Augen, die ungläubig staunen über all das Leid, das man sich gegenseitig zufügt, ein Stahlhelm, der in einem Schlammloch mit klarem Wasser vollgelaufen ist – makabre Brunnenschale für den Tag, an dem die Tauben zurückkehren. Doch die Vögel sind von dem donnernden, von feurigen, parabelförmigen Bahnen zerrissenen Himmel geflohen. Da sieht man nur dann und wann ein paar traurige Tauben, losgelassen in dem Sturm als Träger geheimer Botschaften, darauf konzentrieren die Soldaten ihr Feuer, erleichtert, weil sie unversehens an etwas teilnehmen, was nichts weiter ist als ein harmloses Ringeltaubenschießen. Man hört das Freudengeschrei der Männer in den gegnerischen Schützengräben, ihr kindliches Gejohle, wenn ein gefiederter Bote mitten im Flug plump herabfällt, und man verflucht sie in diesem Augenblick mehr denn je, denn schlagartig überkommt einen das Gefühl, daß der abgeschossene Vogel die Erlösung von all dem Leid bei sich trug.

Landschaft voll Trauer, nackte Erde, umgepflügt und mit Leichen besät, schwarz aufragende Baumstümpfe, an ein kühles Wäldchen gemahnend, ein Volk aus Lehm und Schlamm, unförmige, wie aus Tonerde geformte Gestalten, Überbleibsel einer Schöpfung, die sich mit all ihrem eitlen Blendwerk in Rohstoff zurückverwandelt hat, ekelerregender Morast, vermischt mit dem beißenden Geruch von verbranntem Pulver und Massengräbern, ein Geruch, der den Gestank der Verwesung (seit Wochen liegen sie dort in ihrer Uniform) fast erträglich macht, ein Wind, der, wenn der Lärm verstummt, in der Stille das Röcheln der Sterbenden herüberträgt und damit wie mit einer mahnenden Botschaft das Fleisch der Lebenden brandmarkt, die beklommen und stumm den Lebenszeichen der Verstümmelten lauschen, bis diese nach einem letzten Atemzug dahinscheiden, in einer Nacht, die dem Herzen nicht Rast und auch nicht das unsäglich wonnige Gefühl des Friedens gönnt, sondern eine Stätte des Ausharrens ist, eine Stätte des dräuenden Todes und geschwärzter Gesichter, der Wachposten, die man frühmorgens mit durchschnittener Kehle findet, und des schuldbeladenen Schlafs, und dann der Tag, der sich mit schwerem Artilleriefeuer ankündigt, Vorspiel für den Angriff, die Furcht, er könnte allzu früh zur Neige gehen, der nicht enden wollende Regen, der eines ums andere Mal den Makel der Erbsünde hinwegwäscht, die Erde in eine Kloake verwandelt, die Granattrichter vollaufen läßt, in denen der schwer beladene Soldat ertrinkt, ein Regen, der in die Schützengräben rinnt, Sandwälle einstürzen läßt, in Krägen und Schuhwerk sickert, das Tuch der Uniform schwer werden läßt, Knochen aufweicht, ins Herz der Erde vordringt, als wäre die Welt nichts als ein Schwamm, ein Höllensumpf für gepeinigte Seelen, und immer noch dieser Regen, der sanft auf das Verdeck des Krankenwagens trommelt, plötzlich beruhigend, ja, fast vertraut, im Licht der Scheinwerfer leuchtend wie Myriaden von Glühwürmchen, wie mondhelle Perlen, die in immergleichem Rhythmus vom Asphalt abprallen, immer dabei sind auf der Fahrt durch finstere Städte, bis sie sich bei Tagesanbruch vor den Toren von Tours zu Füßen königlicher Gärten des alten Frankreich mit den Fluten des Flusses vermengen.

Joseph darf nicht sterben. Seine Schwester Marie ist mit einem Vorrat religiöser Medaillen von Random nach Tours gereist und hat sie gleich nach ihrer Ankunft unter die Kopfkissen ihres Bruders und dessen Leidensgenossen geschoben. Sie hat gewartet, bis ihr die Krankenschwestern in ihren weißen Kitteln, die wie russische Ballerinen von einem Bett zum anderen schweben, den Rücken zukehren. Einige, die auf die Wissenschaft und deren nachweisliche Vorzüge schwören, sind auf derartige Talismane nicht gut zu sprechen, da eine Ladung Morphium viel mehr ausrichten kann. Das wohltuende Morphium ist jedoch rar. Überall verlangt man danach, und sie dosieren es gewissenhaft nach empirischen Kriterien: Schmerzintensität, Todesnähe. Wenn es ihnen einmal ausgeht, würden sie sich am liebsten die Ohren zuhalten und all die Schmerzenslaute mit ihren Schreien übertönen. Dieser Krieg führt zu weit. Alle sind sich darin einig: Es muß der letzte sein. Für Joseph und Millionen andere ist er das allemal.

Am Krankenbett ihres Bruders hat sich Marie unverzüglich an die Arbeit gemacht. Sie hat ihren Rosenkranz hervorgeholt, im Himmel den Heiligen angerufen, der für körperliches Leiden zuständig ist – das ist Christus höchstpersönlich, wenngleich die heiligen Märtyrer, die zerstückelt, gesteinigt oder mit siedendem Wasser übergossen worden waren, sich keineswegs als unwürdig erwiesen hätten –, und einen Rosenkranz nach dem anderen betend, hat sie ihn angefleht und an seine derben Zimmermannsschultern gedacht, die auch die Qualen ihres Bruders noch aushalten würden. Beim Atmen dringt ein Pfeifen aus seiner Brust. Als Gegenleistung bietet sie Christus an – sie überlegt, was sie ihm wohl geben könnte, denn sie besitzt nichts außer sich selbst –, nun, sie bietet ihm dieses Verlangen, das sich nachts in ihrem Bauch meldet, sie schenkt ihm ihr Frauenblut. Blut gegen Blut, ein gerechter Handel. Tatsächlich bekommt Josephs Gesicht wieder etwas Farbe, und schon bald richtet er sich im Bett auf und verlangt nach Essen. Der Frühling zieht in die Touraine ein, Schmelzwasser läßt die Loire anschwellen, in einem Glas verwelken ein paar letzte Schneeglöckchen. Joseph spricht von der Möglichkeit einer baldigen Heimkehr, gibt sich beschwingt, albert mit einer der Schwestern im Saal herum, verspricht ihr, sie zu heiraten, sobald er gesund ist. Sie lacht (es ist mindestens schon ihr zwanzigster Antrag), auch Marie lacht, aber nicht so herzhaft, sondern mit pikierter Miene. Dann fühlt sich Joseph wieder matt, hustet ein wenig, möchte ruhen. Er legt sich hin, streckt die Arme neben seinem Körper aus, schließt die Augen. Nach kurzer Besserung setzen das Röcheln, das Fieber, die Visionen dieses schrecklichen Schauspiels wieder ein. Als der Abend dämmert, beginnt für den jungen Mann mit dem fahlen Gesicht der Todeskampf. Diesmal hat der Arzt im Majorsrang keine Hoffnung mehr. Josephs junge Verlobte in spe schaut regelmäßig bei ihm vorbei, legt ihm im Dämmerlicht sacht, damit sie die Schlafenden nicht stört, ein frisches Tuch auf die Stirn, zieht ihm die Decke bis zur Brust hoch, schließt ihn, wenn er sich bei einem heftigen Hustenanfall im Bett aufrichtet, wie ein Kind in die Arme und flößt ihm einen Löffel Sirup ein. Am frühen Morgen, als mattes weißes Licht den riesigen Krankensaal erfüllt und in der Stille das Plätschern des Flusses zu hören ist, ist sein Blick erschreckend starr. Marie, die als erste eintrifft, ist erschüttert. Man teilt ihr mit, dies sei noch nicht das Ende, sie müsse sich jedoch darauf gefaßt machen. Es ereilt ihn in der Mitte des Nachmittags, und ein weicher Ausdruck tritt in seine Augen.

Josephs Tod wird bekanntgegeben – sein Name ziert eines dieser frommen, patriotischen Bildchen, die in der Pfarrei von Commercy (Unterpräfektur der Meuse, Spezialität: Madeleines und anderes Sandgebäck) für fünf Centimes verkauft werden und deren Erlös wohltätigen Zwecken dient. Es ist von einem schmalen schwarzen Rand eingefaßt, zum Zeichen der Trauer, die Inschrift »Die Felder der Ehre« hätte zu einem Heldenroman gepaßt, der Untertitel »Wo von 1914 bis 1916 Frankreichs Blut in Strömen floß« gar zu einem Kriegsroman aus dem Bahnhofskiosk. (Das Gemetzel dauert noch an. Eine Broschüre wird angekündigt, die nach dem Krieg erscheinen und in der über alle Geschehnisse berichtet werden soll.) Ein großes schwarzes Kreuz, das in der Mitte das Signum Christi trägt, ist von einer aus den Namen der tragischen Regionen gebildeten Aureole umgeben: Artois, Serbien, die Dardanellen, die Marne und die Maas, Lothringen und das Elsaß, die Argonnen, die Yser – eine Krone des Schreckens, unter der vor einem Hintergrund aus Olivenzweigen die Namen gemarterter, nur einen Katzensprung von den Massengräbern entfernt liegender Gemeinden aufgefächert sind. Vimy ist genauso groß geschrieben wie Lens, Dixmude wie Ostende, Les Eparges wie Nancy. Möge dieses Bild jeden daran erinnern, wie dankbar wir Gott für die wundersame Schlacht an der Marne und für die Standhaftigkeit unserer Front sein müssen. Und wenn, wie es geschrieben steht, die Schlacht tatsächlich an ein Wunder grenzte, wenn sich am Himmel über Tolbiac wirklich Chlodwigs Kreuz abzeichnete, die heilige Genoveva Paris und Johanna Orleans entsetzten und Leo I. den Vandalenkönig Geiserich dazu bewegt, das Leben der Bewohner Roms zu verschonen, dann bedeutet das vielleicht, daß Gott mit uns war, gleich einem Vater, der betrübt mitansehen mußte, wie seine Söhne ihre Freiheit mißbrauchten, und dennoch für alle dasselbe Mitleid, dieselbe gramvolle Liebe empfand.

Ein frommes Angedenken an unsere Helden, namentlich an… – hier ist der Name einzutragen, ein kleines Rinnsal, das in den großen roten Strom mündet, in die *cloaca maxima*, die menstruierende Wölfin –, und dies übernimmt mit ihrer makellosen Schrift seine Schwester Marie, damals noch eine junge Volksschullehrerin, die zwei Brüder an die Geschichte verliert (die amtliche, die sich ausnahmsweise mal mit unsrer privaten verquickt, aber die ist nicht gefragt), und am Rand, denn es ist nur Platz für den Namen, der obendrein kurz sein muß (das Format taugt nicht für Leute von Stand, sondern nur für das Fußvolk, das in Form langer Listen die in Stein gehauenen, an Kreuzabnahmen gemahnenden Kriegerdenkmäler bedeckt und die Kolonnen jener Namen verblassen läßt, die für bestimmte republikanische Heilserwartungen einstehen), vermerkt sie: »Im Alter von 21 Jahren in Belgien verwundet, am 26. Mai 1916 in Tours gestorben.« Dieser kurze Vermerk sollte Joseph vor der langen Nacht des Vergessens retten.

Auf den schmalen Streifen zwischen punktierter Linie und Rand schreibt die Tante mit violetter Tinte, die im Lauf der Zeit verblassen wird, das später zu lüftende Geheimnis eines erlöschenden Lebens ein. Einundzwanzig Jahre! Sie hat uns erzählt, daß La Pérouse bereits mit vierzehn eine Fregatte befehligte, und zwar so gut, daß er schon sieben Jahre später den Ruhm eines erfahrenen Seebären genoß, aber Joseph hat sein Dorf verlassen, um zu sterben, er hat nichts als eine verwüstete Landschaft und auf der Heimreise nur die drangvolle Enge in den Viehwaggons und die Plane des Krankenwagens über seinen versehrten Augen erlebt, Joseph, der sich vielleicht nie mit einer Frau vergnügt hat, Joseph, der mitten hineinkatapultiert worden ist in diese von Menschen angerichtete Hölle. Joseph, noch so jung, als er dieses übermächtige Geschehen erlebte, Joseph, »am 26. Mai 1916 gestorben«, das hat sie selbst geschrieben.

Ein Jahr später war Emile an der Reihe. Dieses eine Jahr Abstand hat die beiden Brüder auf der endlosen Namensliste des Kriegerdenkmals ein für allemal getrennt: Joseph steht in der Kolumne der Opfer von 1916, Emile in der von 1917, der eine fern vom anderen, und so mag der aufmerksame Betrachter, der die Gleichnamigkeit bemerkt, sie eher für Cousins denn für Brüder halten – wohingegen sie, hätten ihre Namen dicht nebeneinander gestanden, im Tod vereint gewesen wären und das Bild zweier Brüder heraufbeschworen hätten, die Seite an Seite gefallen und von derselben Explosion hinweggerafft worden sind, so daß sie sich der Erinnerung so untrennbar wie Zwillinge eingeprägt hätten. Den Schmerz über diesen zweiten Todesfall, bei dem sie nur noch ihre Tränen vergießen kann, teilt Marie mit Mathilde, der jungen Witwe, Mutter des kleinen Rémi, den sein Vater nur ein einziges Mal während des ihm nach der Geburt des Kindes gewährten Kurzurlaubs gesehen hat. Bei Einbruch der Nacht betritt er in Soldatenuniform das Zimmer, nähert sich geräuschlos der Wiege, beugt sich vorsichtig darüber, als wollte er dieses kleine schlafende Etwas nicht in Berührung bringen mit den Wirren des Krieges –, und sogleich ist er ganz benommen vor Freude über die winzigen Fingerchen, die der Säugling im Traum zur Faust ballt, über das Engelshaar, die feingezeichneten geschlossenen Augen, das durchscheinende Adergeflecht, die unbeschreibliche Frische des Atems, der Emiles geschundene Hand streift und ihn aufzufordern scheint, das Schweigen zu bewahren. Mathilde hebt das dünne Tuch aus Mousseline an und zeigt ihr Werk ihrem großen Mann, denn er kommt ihr groß vor in seiner tristen Soldatenkluft, die nach Schweiß, Schmutz und dem Verhängnis der Waffen riecht. An seinen verhärteten Zügen, an den ihr unbekannten Furchen um seinen Mund und auf der Stirn liest sie ab, wie hart das Leben an der Front ist und daß er aus seinem Innersten immer wieder neuen Mut schöpfen muß. Sie bringt es nicht über sich, ihm, der alles entbehren muß, von den Entbehrungen in der Etappe zu erzählen, davon, daß sie harte Männerarbeit übernehmen und Entscheidungen alleine treffen muß, von ihrer Mutlosigkeit und davon, daß das Weihnachtsfest ohne ihn seinen Reiz verloren hat, von der kleinen Krippe, die sie trotz allem auf der Kommode aufgestellt hat, von dem Packpapier, das einen Berg in Palästina darstellen soll, jedoch eher wie ein Flecken Erde aus der Jungsteinzeit aussieht. Mathilde ist voller Dankbarkeit und Mitleid. Sie legt ihm eine Hand in den Nacken und gesteht ihm, wie grausam sie der Mangel an Zärtlichkeit trifft, unter dem gewiß auch er leidet, und während er seinen Kopf aus der Wiege hebt, berauscht er sich am süßen Puderduft seiner Frau. Sie hat so lange gewartet, daß sie sich nicht mehr sicher ist, ob sie in diesem Mann den wiedererkennt, nach dessen Heimkehr sie sich so verzweifelt gesehnt hat. Während er nun neben ihr steht und sie ihn betrachtet, fragt sie sich, ob ihr der für ihn gestrickte Pullover nicht ein bißchen zu groß geraten ist. Sie hatte sich nämlich vorgestellt, er würde sie umarmen und dabei die Arme um sich selbst geschlungen, um aus der Erinnerung heraus abzuschätzen, wie kräftig der Oberkörper ihres Mannes war, mit dieser Stelle, an die sie ihren Kopf legen konnte, dieser Mulde dicht an der Schulter, die extra für sie da zu sein schien und die sie nun mit der Stirn sucht, während er mit spitzen Fingern, wie ein Läusefänger, ihre Haarnadeln eine nach der anderen herauszieht und auf den Nachttisch legt, damit sie sie bei der Morgentoilette wiederfindet. Zuvor gibt er ihr jedoch das Kind, das aufwacht und schreit, bis es in den Armen der Mutter liegend gierig zu saugen beginnt und Milchtropfen aus seinen Mundwinkeln rinnen. Sobald es satt ist, hebt der Vater es mit ausgestreckten Armen hoch in das fahle Licht des anbrechenden Tages, auf die Gefahr hin, daß sich ein kleiner weißer Schwall auf die über dem Stuhl hängende Uniform aus blauem Tuch ergießt. Das kümmert Emile nicht. Er empfindet beim Gedanken an zukünftige Kämpfe ein unerschütterliches Gefühl der Unverwundbarkeit, ist von der Gewißheit erfüllt, daß er mit tänzerischer Leichtigkeit unversehrt durch den Kugelhagel gelangen wird. Wie ein schützender Panzer wird ihn die Erinnerung an sein Kind einhüllen, das ihm den Sieg verheißt, denn es wurde am 2. Dezember geboren, dem Gedenktag an die Schlacht von Austerlitz und die Kaiserkrönung. Dies war ein Zeichen, und wenngleich niemand so recht wußte, wofür, ließ es sich Rémi in späteren Jahren dennoch nicht nehmen, an jedem Geburtstag daran zu erinnern, und ganz nebenbei richtete er es so ein, daß etwas vom späten Abglanz des Kaiserreichs auf ihn fiel, so daß man beim letzten Kuß, den Emile seinem Sohn gab, bevor er zurück ging an die Front und dort fiel, unwillkürlich an den Abschied von Fontainebleau und einen Raum mit goldenen Bienen an der Wand denken mußte.

Emile fehlte bei seiner eigenen Beerdigung. Jahrelang betete Mathilde an einem leeren Grab. Trotzdem – ihr Mann war tot, man hatte seine Leiche gefunden und identifiziert, doch gegen Ende hatte der Krieg so fürchterlich gewütet, daß selbst die Leichenträger ständig unter Feuer lagen. Der Beschuß des Terrains durch schwere Artillerie vor einem Großangriff zog sich bisweilen über eine volle Woche hin, und allein in dieser einen Woche fielen auf das sturmreif zu schießende Gebiet so viele Granaten, daß man damit ein ganzes Land hätte ausradieren können. Die armen Soldaten steckten so tief in der Erde, daß sie nicht einmal mehr mit den Ohren wackeln konnten, sie waren vom Lärm betäubt, konnten keinen Arm nach der Feldflasche ausstrekken, mußten tagelang hungern, bis endlich die Männer von der Feldküche vorbeikamen (diese Helden ohne Waffen, die mit Brot gefüllte Säcke und riesige Töpfe durch die Verbindungsgräben schleppten, wobei sie darauf achten mußten, daß sie nichts verschütteten), und sie schliefen mit offenen Augen in einer Bodenwelle, fest davon überzeugt, daß die Welt für alle Zeiten dem Vorhof der Hölle gleichen würde.

Die herumliegenden Leichen versanken allmählich im lehmigen Boden, glitten in Krater hinein und waren schon bald unter einer Erdschicht begraben. Während des Angriffs stolperte man dann über einen herausragenden Arm oder ein Bein, landete Nase auf Nase auf einer Leiche und stieß einen Fluch aus – zwischen den Zähnen hervor und in den Mund des Toten hinein. Eine gräßliche Mahnung voller Hohn, diese Gefallenen als Fußangel. Man nützte die Gelegenheit jedoch und riß ihnen die Erkennungsmarken vom Hals, die man später zur Meldestelle brachte, um so die anonymen Massen vor einer Zukunft ohne Gedächtnis zu bewahren – als bestünde die Tragödie des unbekannten Soldaten nicht so sehr darin, daß er sein Leben, sondern daß er seinen Namen verloren hat. Zweifellos hatte Emiles Frau auf diese Weise erfahren, daß ihr Mann gefallen und seine Leiche irgendwo im Frontabschnitt Hauts-de-Meuse im Erdreich verschüttet war. Was aber, wenn Emile seine Plakette verloren und ein anderer sie aufgehoben hatte? Wenn er sie gegen die eines Kameraden eingetauscht hatte, weil er mit ihm heimlich eine Übereinkunft getroffen hatte oder einen sturen Feldwebel an der Nase herumführen wollte? War er wirklich tot, ihr Emile?

Soldaten, die bisweilen viele Jahre nach Kriegsende aus der Gefangenschaft in der Ferne heimkehrten, gaben Mathildes Hoffnung neue Nahrung. Augenzeugen zufolge hatten manche, die mehr oder weniger ihr Gedächtnis verloren hatten, im Osten ein neues Leben begonnen. Schlichte Tagelöhner glaubten, durch eine junge Polin mit blauen Augen an ein paar Morgen eigenes Land zu kommen, die sie daheim nicht besessen hatten. Außerdem hätte das Vaterland sie nicht so dankbar aufgenommen wie diese alleinstehenden Frauen, die sich nach ein paar starken Armen sehnten. Man erzählte sich Geschichten von ausgehungerten Soldaten, die im menschenleeren Heideland umherirrten, bis sie von heiratswilligen Frauen, die ihnen geradezu auflauerten, abgeholt wurden. Ein dick belegtes Brot und ein wenig Wärme genügten manchmal schon, um solche tragischen Gestalten gegen ihren Willen festzuhalten. Doch was hätte Emile anderswo finden können, was er hier nicht gehabt hätte?

Die unsinnige Hoffnung auf seine Heimkehr schwand im Laufe der Jahre, und Mathilde suchte eine Zeitlang Trost und Beistand in der Religion; allerdings nicht so, wie ihre Schwägerin es sich wünschte, sondern auf ihre eigene, weitaus weltlichere Art, denn Gerüchten zufolge stattete sie einem feschen Pfarrer regelmäßig Besuche ab. Man würde bestimmt zu weit gehen, wenn man den beiden mehr zutraute als ein paar flüchtige Umarmungen. Ihr Vergnügen bestand allenfalls darin, sich miteinander zu unterhalten und gemeinsam über die sie verbindende Einsamkeit nachzudenken – liebevolle Plaudereien, die sich selbst genügten, Ersatz für wirkliche Liebe. Schließlich und endlich war der Nazarener auch ein gutaussehender junger Mann gewesen, und gerade die Frauen hatten dem Hohen Rat und dem Römischen Recht die Stirn geboten, sie waren es gewesen, die sich als erste am Grab einfanden und denen zum Lohn für ihre Treue zuerst die Nachricht von seiner Auferstehung zuteil wurde. Paulus von Tarsus schrieb schöne Briefe, die allerseits Bewunderung auslösten, doch kaum ging er in Ephesus oder Korinth an Land, wollte niemand mehr den stotternden Wicht anhören. Mathildes Pfarrer war vom Himmel mit einem engelsgleichen Antlitz bedacht worden, und das machte er sich zunutze, um verirrte Schäflein zur Herde zurückzuführen. Gegen die letzteren hegte Tante Marie, von jeher eine tatkräftige Christennatur, allerdings einen geradezu jakobinischen Groll, unter dem auch Mathildes Petunien zu leiden hatten.

Es dauerte zehn Jahre, bis der Brief aus Commercy bei uns eintraf. Er bedeutete für Mathilde das Ende ihrer Jugend, jenen Moment der Entsagung, in dem man es sich vielleicht noch erlaubt zu träumen, sich aber jede Hoffnung verbietet, daß die Träume eines Tages Wirklichkeit werden könnten. Kaum hat sie die Beileidsfloskel gelesen, begreift sie, daß nichts von dem, was man sich sehnlichst erhofft, jemals eintritt, daß es keine Wunder gibt, keine Polin mit großen Augen, die sich einen galanten kleinen Franzosen geangelt hat, keinen vorübergehenden Gedächtnisschwund, sondern daß Emile tatsächlich tot ist. Mit knappen Worten teilt ihr einer seiner Kameraden mit, er habe ihn kurz entschlossen zu Füßen eines Eukalyptusbaums begraben und könne die Stelle jederzeit wiederfinden, falls die Angehörigen seinen Leichnam ins Familiengrab legen wollten – was allem Anschein nach der letzte Wunsch des Sterbenden und zugleich der Grund für diese heimliche Aktion gewesen war, denn nur so konnte die

Leiche vor dem Massengrab oder der langsamen Verwesung auf dem Schlachtfeld bewahrt werden. Mathildes Augen sind schon einige Zeilen weiter oben feucht geworden, und als sie nun blinzelt, tropft eine Perlenschnur aus Tränen auf den Briefbogen. Schuld daran ist nicht so sehr die Bestätigung seines Todes, von dem sie bereits vor mittlerweile zwölf Jahren erfahren hat, sondern vielmehr der Schlußstrich, der unter ihr Warten gezogen, die Tür, die endgültig zugeschlagen wird. Sie vergegenwärtigt sich, wieviel Glück ihr in ihrer nunmehr verronnenen Jugend zuteil geworden ist, und die Bilanz fällt kümmerlich, armselig aus: Wieviel hat sie leiden müssen, und wie wenig hat es ihr gebracht!

Der Winter des Jahres 1929 war einer der schlimmsten aller Zeiten. Am 2. Februar wurde ein Trunkenbold, der an einem Baum lehnte, erfroren aufgefunden *(Le Courrier de l'Estuaire).* Am 5. wurde die Brière, nach der Camargue die zweitgrößte Moorlandschaft Frankreichs, ein einstiger mit Inseln übersäter Meerbusen, der durch Anschwemmungen allmählich versandet war, über Nacht so hart wie Stein. Ein paar Nutrias, die zur Gattung der Biberratten gehören und zu Beginn des Jahrhunderts aus den Appalachen im Sumpf ausgesetzt worden waren, um mit ihren Pelzen die Einkünfte der Bewohner zu steigern, waren von dem Kälteeinbruch überrascht worden und zur Hälfte im Eis steckengeblieben, als sie versuchten, aus ihrem Bau in der Uferböschung zu entkommen *(La Presqu'île de l'Ouest).* Am 8. sank im Hafen von Saint-Nazaire, der sich in ein zweites Anchorage verwandelt hatte, ein Küstenschiff unter der Last des Schnees, der sich auf Deck aufgetürmt hatte. Docks und Strände waren übersät mit toten Elfenbein- und Silbermöwen, kleine Leichen, weiß auf weiß, die Köpfchen bei der letzten verzweifelten Suche nach ein bißchen Wärme unter die Flügel geschoben. Auf der Loire trieben Eisschollen, eine davon so groß und sperrig, daß sie auf der Höhe von Saint-Florent beinahe einen

Schwimmbagger versenkt hätte – zum Glück wurde diese kleine Süßwasser-Titanic auf eine Sandbank gedrückt. Schon bald legten Schneeverwehungen das ganze Land lahm. Es verkehrten keine Züge mehr, mit Schneepflügen ausgerüstete Lokomotiven räumten schnaufend den Ballast beiseite. Wie immer mußten die Armen diese Naturkatastrophe am teuersten bezahlen: Landstreicher wurden im Straßengraben oder in einer notdürftigen Behausung ebenso vom weißen Tod überrascht wie alleinstehende Greise und kränkelnde Kinder, streunende Hunde und Meisen.

Unter diesen gleichsam arktischen Wetterbedingungen machte sich Pierre auf den Weg, trotz Alines Protest, die ihm riet, bessere Tage abzuwarten, denn schließlich sei Emile dort, wo er sich befinde, sicher aufgehoben und würde schon nicht davonfliegen (man stelle sich die Verblüffung der Frauen vor, die am Ostersonntag ans Grab eilten und in der Ecke statt des gesalbten Leichnams nichts als ein Häuflein Leinenbinden vorfanden). Nachdem er sich vergeblich an die Behörden gewandt und alle Rechtsmittel ausgeschöpft hatte, beschloß Pierre endlich, seinen Bruder selbst zu holen, aus dem Grab zu Füßen des Baumes. Er hatte keine Lust, seine Abreise um nur einen Tag zu verschieben, mochte das Wetter noch so schlimm sein, doch eines stellte er ausdrücklich klar: Er sei selbstverständlich geschäftlich unterwegs, rein geschäftlich, und deshalb kein Wort darüber, nicht die leiseste Anspielung auf den wahren Grund seiner Fahrt, der müsse unter uns bleiben. Und so brach er am Morgen des 5. Februar, ohne Alines inständigen Bitten Gehör zu schenken, nach Commercy auf, überquerte die Loire, fuhr bis Orléans und folgte von dort aus der Flußniederung nach Montargis, Sens, Troyes und Bar-le-Duc.

Auf die Rückseite eines schönen Schwarzweißphotos, das das Ereignis für die Nachwelt festhält, hat Aline – nach überstandener Gefahr – etwas geschrieben, knapp, mit derselben Handschrift wie in ihrem Liederbuch: »5. Februar 1929, Abfahrt nach Commercy.« Pierre sitzt hinter dem Steuer eines riesigen Automobils, das fast so groß wie ein Bus ist und das er sicherlich für seinen Handel mit Porzellan en gros benötigte. Das Lenkrad befindet sich rechts, aber nicht etwa, weil es ein englisches Fahrzeug gewesen wäre, sondern weil man sich zu jener Zeit weniger vor dem Gegenverkehr fürchtete als davor, im Straßengraben zu landen. Den Ellbogen auf die heruntergekurbelte Scheibe gestützt, posiert er für den Photographen, dem er das Gesicht zuwendet, und er wirkt sichtlich zufrieden, denn er weiß, daß es von solchen Automobilen auf den Straßen nicht eben wimmelt, schon gar nicht in unserer Gemeinde, ja, daß es vielleicht das einzige dieser Art überhaupt und somit Symbol für sein florierendes Geschäft ist – daher sein Gebaren eines Notablen, die runden Brillengläser und der leicht gekräuselte, graumelierte Oberlippenbart. Er hat sich gegen die Kälte gewappnet: Hut, Mantel, Handschuhe, Seidenschal.

Die große, dralle Aline steht neben der Wagentür, einen Glockenhut tief ins Gesicht gezogen und eingemummelt in einen Mantel mit einem kleinen Fuchspelzkragen, der ihr bis zur Nase reicht. Der taillierte Mantel verleiht ihr eine gewisse Eleganz. Um dem kalten Wind besser trotzen zu können, der die Härchen ihres Pelzkragens aufstellt, reibt sie die Beine gegeneinander, und sie wird just in dem Moment abgelichtet, als sie auf einer Fußspitze balanciert – eine scheinbare Aufhebung der Schwerkraft. Sie wirft Pierre, der wie ein großer Junge hinter dem Steuer seines phantastischen Wagens sitzt, einen finsteren, besorgten und zugleich vorwurfsvollen Blick zu. Dabei weiß sie, daß ihn nichts zurückhalten kann – und darin ist Joseph ganz der Vater. Der Sohn fehlt allerdings auf dem Photo. Vielleicht hat er es aufgenommen.

»Wie ich es dir versprochen habe, Chérie« – mit diesen Worten beginnt Pierre die erste Seite seines Fahrtenbuchs, und rasch begreift man, daß er mit dem Versprechen einen detailgetreuen Reisebericht meint, mit dem er sie für seine Abreise entschädigen will. Er schildert sogar die unbedeutendsten Einzelheiten. Daß er unter der Kälte leidet und jeden Halt nützt, um die Hände auf die heiße Motorhaube zu legen, daß der Kühler dampft, daß ein Tankwart sehr jähzornig gewesen ist, daß eine schwarze Katze über die Straße gelaufen ist und er darin ein schlechtes Vorzeichen gesehen hat, und die böse Vorahnung schien sich am nächsten Tag zu bestätigen, als er auf der Fahrt durch Landschaften wie die Beauce – oder war es die Brie (»eine weiße Wüste«) – auf dem Glatteis einem Huhn ausgewichen und im Straßengraben gelandet ist. Er kann von Glück sagen, daß ein Bauer mit zwei Ochsen ihn wieder herauszieht, und danach leert er mit dem Bauern, der mit theatralisch empörter Geste eine Belohnung zurückweist, eine Flasche Wein. Das Fahrtenbuch soll zudem Rechenschaft über seine Ausgaben ablegen. Pierre möchte unbedingt klarstellen, daß diese Fahrt keine Vergnügungsreise ist. Er sucht sich unter den Herbergen stets jene aus, die von außen am bescheidensten aussehen, ißt mittags rasch einen Happen im Stehen, gönnt sich dafür abends allerdings ein gehaltvolleres Menü, wobei er uns an der Entscheidungsfindung zwischen Pot-au-feu und Geflügelbraten teilhaben läßt. Schließlich tut er sich am Pot-au-feu gütlich, der jedoch, wie er beteuert, im Geschmack mit dem unvergleichlichen Pot-au-feu seiner Frau nicht mithalten könne.

Während er vorsichtig über das verschneite Land fährt, schildert er den Zustand der Straßen, beschreibt die Landschaft, die wechselnden Szenerien, die Hecken und Hügel, die unterschiedlich bestellten Äcker, die Wälder – ein lapidarer Schnellkurs in Geographie. In Sens schwärmt er lang und breit von der Kathedrale Saint-Etienne, und zweifellos hat er dabei von einer Tafel am Eingang abgeschrieben. Seine Begeisterung ist so groß, daß man sich fragt, ob ihn das Bauwerk mit seinen »majestätischen Proportionen« nicht vielleicht an das Eheweib erinnert, das er soeben verlassen hat. Er notiert unterwegs die Namen von Eisenwarenhandlungen und Haushaltswarengeschäften, hält bei dem einen oder anderen (um auf neue Ideen zu kommen, wie er schreibt), läßt sich in Troyes zu einer abschätzigen Bemerkung über die bunte Strumpfmode herbei, benotet die Städte nach ihrem Sauberkeitsgrad. Auf dem flachen

Land macht er sich Notizen über die sich wandelnden Lichtverhältnisse, eine Aufhellung des Himmels, den blauen Schimmer des Rauhreifs, die Äste in ihren diamantenen Hüllen. All dieses Weiß blendet ihn. Deshalb klebt er bunte, durchsichtige Einwickelpapiere saurer Bonbons auf seine Brillengläser und amüsiert sich über sich selbst: im Rückspiegel sehe er aus wie ein Clown. Er empfindet Mitleid mit einem umherirrenden Bettler, einem vor Hunger und Kälte halbtoten Landstreicher, nimmt ihn bis zur nächsten Stadt mit und drückt ihm beim Abschied ein paar Sous in die Hand, doch schon im nächsten Augenblick läßt er sich mit allen nur erdenklichen Schimpfwörtern über eine Gruppe steifgefrorener Zigeuner aus, die nur so langsam vorankommen, daß er gezwungen ist, im Schrittempo hinter den Pferdewagen herzurollen.

Er gedenkt seiner gefallenen Brüder, kommt auf Emile zu sprechen, den er aus seinem Grab unter dem Eukalyptusbaum holen will und der den kleinen Rémi nur ein einziges Mal in die Arme genommen und an sich gedrückt hat, und er erinnert an die Qualen, die sie alle drei in diesem gräßlichen Krieg erduldet haben. Er kann sich einen Umweg über Verdun und Lemmes auf der Voie sacrée nicht verkneifen, hält vor einem kleinen Lokal, das Café und Restaurant in einem ist und in dem unter Davongekommenen wie ihm mit unversehrten, aber auch schrecklich entstellten Gesichtern das stille Einverständnis gemeinsamer Erinnerungen herrscht. All diese Pilger, die auf den Pfaden ihres Schmerzes wandeln, erkennen sich wortlos, Deutsche eingeschlossen, sie nicken einander zu, bevor sie sich hinsetzen, sie kommen von dieser zernarbten Landschaft nicht mehr los, die ihrem Leben einen so hohen symbolischen Wert verliehen hat, daß sie ihm nicht mehr denselben Geschmack abgewinnen können wie früher. Gleich neben dem Café befindet sich in einer Baracke ein Souvenirladen, der von einem halben Mann (vertikal gesehen) geführt wird. Er würde sich über den Verlust seines Beins nicht beklagen, fehlte ihm nicht auf derselben Seite der Arm, mit dem er sich auf eine Krücke hätte stützen können. Seine Frau stellt ihn morgens dort ab, und dann wartet er, kerzengerade wie eine Eins, bis sie ihn abends wieder abholt. Man muß ihm einfach etwas abkaufen, und so ersteht Pierre für seine Schwester ein paar in Kriegszeiten gedruckte Heiligenbildchen. Eines davon stammt aus Commercy.

Doch seine Gedanken gelten vor allem seiner Frau, zartfühlende Gedanken, liebevolle Einschübe, die mit zunehmender Entfernung in seine Schilderung Eingang finden, bis es bei Bar-le-Duc in einem schäbigen Hotelzimmer gleichsam aus ihm herausbricht und er in einer Fußnote unten auf der Seite wie ein von schmerzlicher Sehnsucht erfülltes Kind eingesteht, daß sie ihm unendlich fehle – wobei er »unendlich« mehrmals unterstreicht, dieses Wort, das mit einem Mal so trefflich paßt, als wäre sie, diese riesenhafte Frau, die Elle, mit der man die Unendlichkeit mißt und als hätte ihre bloße Anwesenheit ausgereicht, um die Leere des Lebens zu füllen. Durch dieses Eingeständnis, das sich zwischen der Beschreibung des fadenscheinigen Teppichs auf dem Boden des Zimmers, des irdenen Krugs in der Waschschüssel und der Wasserkaraffe auf dem Nachttisch findet, erfährt man blitzartig, was für ein gewaltiges Verlangen Pierre nach dieser Frau ohne Anmut verspürt haben muß.

Von da an setzt er die Reise mit großer Hast fort. Er bummelt nicht mehr, macht sich nicht einmal mehr die Mühe, sauber und deutlich zu schreiben, verzichtet auf den blumigen, ausgefeilten Stil eines Musterschülers zugunsten knapper Formulierungen, denn er widmet sich nun ganz und gar der Ausführung seines Plans. Den Eukalyptusbaum gibt es freilich nicht mehr. In diesen Breitengraden nicht heimisch, ist er nach Jahren hartnäckigen Widerstands in einem Winter eingegangen und gefällt worden, doch glücklicherweise ist sein einstiger Standort an einem hellen Stumpf zu erkennen, und so gelingt es dem Verfasser des Briefes, der sich darüber wundert, daß er so lange auf Antwort hat warten müssen, ihn wiederzufinden. Nachdem sich die beiden Männer einander vorgestellt haben und Pierre alles über die letzten Augenblicke vor dem Tod seines Bruders Emile erfahren hat, machen sie sich, mit Spaten und Spitzhacke ausgerüstet, auf die Suche nach dem südländischen Baum – im Wald von Commercy knirschen gedämpft ihre Schritte im Schnee.

Die Erde um den Baumstumpf herum ist bis in größere Tiefen gefroren. Die Hiebe der Spitzhacken hallen im Wald wider. Die Erschütterungen übertragen sich auf die Äste der Bäume, so daß sie einen Schauer weißen Puders auf die Schultern der Männer rieseln lassen. Nach langen, fruchtlosen Bemühungen müssen die beiden einsehen, daß nur Tauwetter dem widerspenstigen Boden beikommen kann. Doch Pierre kann nicht auf das Tauwetter wie auf den Sankt-Nimmerleins-Tag warten. Da hat der andere eine Idee. Die beiden Männer kehren um, holen einen Waschzuber, füllen ihn mit Schnee, stellen ihn auf eine behelfsmäßige Feuerstelle, füttern die Flammen mit toten Zweigen, schütten wenig später siedendes Wasser auf den gefrorenen Boden, warten eine Weile, schaufeln den heißen Schlamm beiseite und arbeiten sich langsam aber sicher und behutsam wie Altertumsforscher zu dem Toten vor. Als sie auf die Leiche stoßen, kommt es ihnen so vor, als hätten sie einen Schatz entdeckt, doch dann sagt Pierre, es falle ihm schwer, in dieser kaum noch menschenähnlichen Masse, die sich in dem sauren, feuchten Boden und im Wechsel der Jahreszeiten zersetzt habe, seinen Bruder wiederzuerkennen: Reste einer Uniformjacke, eine intakte Gürtelschnalle, Hautfetzen, die nicht einmal mehr Gesicht und Hände bedecken, und das alles in einer Hülle aus gefrorener Erde. Um die Leiche vollends freizulegen, bleibt ihnen nichts anderes übrig, als auf die armseligen Überbleibsel eines Menschen wie auf den Belagerer einer Festung einen zweiten Zuber voll siedendem Wasser zu kippen, mit der Folge – als sich die dichte Dampfwolke über dem kleinen Grab endlich verflüchtigt, ist es für alles zu spät –, daß sich in dem brühheißen Magma auch noch die letzten Hautfetzen lösen. Die Knochen werden dabei allerdings makellos weißgewaschen, und die Männer nehmen sie einen nach dem anderen heraus, tauchen sie in den

Waschzuber, um die Reinigung zu vollenden, legen sie sorgsam und in einer Anordnung, die der menschlichen Anatomie möglichst nahekommt, in den Schnee, und schon bald – o Schreck! – zählen sie mehr Schienbeine als nötig, zwei Brustkörbe und zu guter Letzt auch einen zweiten Schädel, und erst da fällt dem anderen, dem Pierres entsetzter Blick peinlich ist, wieder ein, daß er die eigenhändig ausgehobene Grube genutzt hat, um eine zweite Leiche hineinzulegen, die ganz in der Nähe langsam verweste. Sie stehen also vor einem unlösbaren Problem, denn die Knochen sind jetzt, nachdem sich die letzten Hautfetzen von ihnen gelöst haben, nicht mehr zu identifizieren: Welcher von den beiden ist Emile? In seiner Verzweiflung verfällt Pierre auf eine groteske Idee: Sein Bruder und er hätten denselben Kopfumfang gehabt, sagt er. Also stülpt er den beiden Schädeln seinen Hut über, aber zum einen sind sie arg ramponiert, diese Schädel, und zum anderen haben sie keine Kopfhaut mehr, und deshalb setzt sich Pierre, nachdem er innen den Filz abgetrocknet hat, den Hut wieder auf. Einen Moment lang ist er versucht, das Los entscheiden zu lassen, und wirft eine Münze (frei nach Simon von Montfort: Gott wird die Seinen erkennen), doch Voraussetzung dafür wäre, daß es überhaupt ein vollständiges Skelett gibt. Nach abermaliger kurzer Überlegung entscheidet er sich für die untenliegende Leiche, denn er geht davon aus, daß sein Bruder bestimmt zuerst in das Grab gelegt worden ist, aber der Verfasser des Briefes ist sich da nicht mehr so sicher, sondern überlegt, ob er nicht die Leiche, die damals schon stärker verwest war, auf den Grund der Grube gelegt hat, worauf Pierre aus Angst vor einer falschen Entscheidung kurzerhand beschließt, beide mitzunehmen.

Sie wollen große Kisten holen, die der andere, der in einer Keksfabrik arbeitet, dort für seine Kaninchen abgezweigt hat. An Särge ist nicht zu denken: Dazu bräuchte man für jedes Department, durch das man fährt, eine Genehmigung, und wenn der Fall Emile für sich allein schon kompliziert genug ist – wie soll man erst das Vorhandensein eines Grabgenossen erklären? Damit die Knochen möglichst wenig klappern, betten sie sie in den Kisten wie zerbrechliches Porzellan zwischen Stroh, laden die Kisten in den Wagen, breiten eine Decke darüber, und da nun die Mission erfüllt ist, verkündet Pierre, er wolle unverzüglich zurückfahren. Diesmal bringt er die Strecke an einem Stück hinter sich, fährt in flottem Tempo über die verschneiten Straßen, landet fast hundertmal im Graben, meidet größere Städte, indem er auf Nebenstraßen ausweicht, und da er ein Vergehen zu kaschieren hat, kommen ihm die wegen des schlechten Wetters menschenleere Landschaft und die Einsamkeit dieser weißen Welt sehr zustatten. Er hält nur, um zu tanken, sich Proviant zu besorgen, ein oder zwei Stunden am Straßenrand zu schlafen und im Telegrammstil den Bericht über die Exhumierung in das gegen den Rand des Lenkrads gestützte Heft einzutragen. Mehr werden wir nie erfahren. Die Person, der zuliebe er sich so beeilt hat, wird als einzige über dieses atemlose Finale im Bilde sein.

Als der Totengräber bei Mathildes Beerdigung die

Familiengruft öffnete, staunte er beim Anblick der kleinen, mit Keksreklame tapezierten Knochenhaufen. Doch Yvon befand sich damals schon im Endstadium: Es war ein Kinderspiel, ihn davon zu überzeugen, daß der Krieg so viele Soldaten dahingerafft hatte, daß es nicht genug Bretter für all die Särge gegeben hatte.

IV

An Allerheiligen des Jahres 1940 begleitete Großvater seine Tochter Marthe zum Friedhof, wo ihr Erstgeborener unter einer mit weißem Kies bedeckten Grabstätte in einem Kindersarg ruht, einer Art Geisterschiff im Kleinformat, das ihn auf Nimmerwiedersehen in die nebligen Gefilde des Jenseits davongetragen hat. Auf dem Grab steht ein Alabasterkreuz, dessen Schnittstelle ein Engelsköpfchen auf zwei Spatzenflügeln ziert. Während sie unter dem grauen Novemberhimmel untergehakt den von vielen solchen Liliputgräbern gesäumten Seitenweg entlanggehen, fragt Großvater seine Tochter, um wen der Herr dort hinten wohl weint, der Léon Blum ähnelt, gramgebeugt vor einem Grab aus grauem Granit steht und von einem hochgewachsenen jungen Mann mit Brille gestützt wird, der versucht, ihn der Anziehungskraft der Grabplatte zu entreißen. Da erzählt ihm Marthe, die aus Random stammt, von der großen Aline, die im Sommer gestorben ist und früher das Porzellangeschäft neben der Kirche geführt hat, sie erzählt von ihrer sanften Stimme und von der Tragödie ihrer totgeborenen Kinder, von ihrem imposanten Körperumfang und ihrem goldenen Gebiß, und dieser vom Schmerz gebeugte Herr sei ihr Gatte, und der nette junge Mann, der alle anderen überrage, ihr Sohn Joseph, der Letztgeborene, mit dem sie schon nicht mehr gerechnet hätten, und die zierliche Dame mit dem weißen Haar, die mit eingezogenem Kopf und in Falten gelegter Stirn gerade eilig auf die beiden zugehe, das sei die hervorragendste Volksschullehrerin an der unteren Loire.

Ein Jahr später, wiederum an Allerheiligen, steht der junge Mann allein an dem Grab aus Granit. Blums Doppelgänger hat sie nicht lange warten lassen, denkt Großvater, und er wundert sich darüber, wie eilig es der Herr hatte, zu seinem Eheweib zu gelangen. Erst sehr viel später wird er versuchen, hinter dieses Geheimnis zu kommen, indem er Beweismaterial sammelt und in einer Schuhschachtel verwahrt: Briefe, Photos, Feldpostkarten und Pierres handgeschriebenes Fahrtenbuch über die Reise nach Commercy, diesen ausführlichen, vertraulichen Bericht des Ehegatten für seine Frau, die er außer während des Krieges nie alleingelassen hat, als wäre es das eigentliche Ziel seiner Unternehmung gewesen, sich von ihr weit genug zu entfernen, um an den liebevollen Briefwechsel der schrecklichen Kriegsjahre anknüpfen zu können, um ihr zu gestehen, was man einem anderen Menschen nur durch das geschriebene Wort unmißverständlich eingestehen kann, um aufs neue das Gefühl der Sehnsucht zu durchleben und zugleich Abstand zu gewinnen, um ihr dann von weither um so inbrünstiger entgegenzustürzen. Großvater schließt sich auf dem Dachboden ein, fördert die Überbleibsel jener engen Bindung wie fossile Reste zutage und nimmt immer wieder das Photo zur Hand, auf dem Pierre an der Front abgelichtet ist, mit Wickelgamaschen und in dunkelblauer Uniform. Die Uniformjacke ist steif vor Schmutz, das Gewehr, das er am Lauf gepackt hat, steht mit dem Kolben auf dem Boden, die Gläser seiner Brille sind fast undurchsichtig, der Helm sitzt ein wenig schief auf dem Kopf, was Pierre eine leicht angeberische Note verleiht, aber vielleicht rührt dieser kleine Schönheitsfehler von einem Klaps her, den ihm ein Kamerad gegeben hat. Hinter ihm hängen an einem in die Wand des Schützengrabens getriebenen Pflock eine Feldflasche und ein Beutel voll Handgranaten, und in einer geschmückten, apsisförmigen Nische steht eine kleine Madonnenfigur – da hat bestimmt seine Schwester Marie die Finger im Spiel gehabt. Während Pierre für den Photographen posiert, liegt seine Pfeife auf einer zusammengezimmerten Bank. Aus dem Pfeifenkopf steigt ein dünner Faden aus Qualm auf, doch dieses Rauchzeichen nach Art der Indianer wird den Soldaten im gegnerischen Schützengraben nicht von großem Nutzen sein. Außerdem rauchen sie da drüben auch, schreiben an ihre Familien und verfluchen den Generalstab, der ihnen immer wieder den brutalen Befehl erteilt, sich in Schmerz und Schlamm zu stürzen. Der Erdwall ist kaum höher als Pierre. Sofern er die Nase nicht hinausstreckt, hat er von den Scharfschützen nichts zu befürchten. Wie in seinem Wehrpaß steht, der ebenfalls in der Schuhschachtel liegt, war er einen Meter siebzig groß und hatte rötliche Augen. Rötlich? Großvater überlegt, daß durch die Iris solcher Augen gesehen wohl alle Ehefrauen diesen schönen kupferfarbenen Teint haben, nach dem er selbst immer bei den südländischen Frauen gesucht hat.

Pierre steht lächelnd vor einem Hintergrund des Grauens, und dieses Lächeln ist die beste Nachricht, die er übermitteln kann. Die beglückte Empfängerin liest auf der Rückseite: »Für die Frau, die ich so sehr liebe.« Großvater dreht und wendet das Photo in den Händen, als könnte er durch das flinke Drehen eine mysteriöse Brücke zwischen Vorder- und Rückseite schlagen, zwischen jenem tragischen Ort und der zärtlichen Widmung, als wäre das dünne Photopapier ein Sinnbild für die Nähe von Liebe und Tod, von der auch die nebeneinanderstehenden Todesdaten auf dem Grabstein aus Granit zeugen.

Und nun sieht er, wie sich der hochgewachsene junge Mann in dem schwarzen Mantel über seine Lieben beugt und es den Zypressen gleichtut, die sich im frischen Novemberwind leicht verneigen. Es ist, als erwäge er, ob er sich nicht zu ihnen legen, ob er, das Wunderkind, nicht den warmen Platz zwischen ihnen einnehmen soll, als bereitete er sich schon darauf vor, sich beim nächsten Appell zur Stelle zu melden. Seine hohe Gestalt verharrt unschlüssig zwischen den Kreuzen. Die Kräfte, die ihn bis an diesen Ort getrieben, scheinen ihn nun verlassen zu haben. Er ist noch nicht einmal zwanzig Jahre alt, verwaist und mittellos, und rundherum herrscht schon wieder Krieg – wer würde sich trauen, für ihn die Entscheidung zu treffen? Die Trauergäste verlassen nach und nach den Friedhof, und er bleibt allein zurück. Still und tief in sich versunken, vernimmt er aus dem steinernen Grabmal den Ruf seiner Lieben, er ist nicht empfänglich für die freundschaftlichen und zugleich linkischen Klapse auf seine Schulter, für den Zuspruch, der sich angesichts der Müßigkeit aller Worte weitgehend auf die Nennung seines Vornamens beschränkt: Die kleine Tante ist hinter ihn getreten, zupft ihn am Mantel, redet ihm zu, läßt sich nicht beirren und nimmt ihm schließlich die Entscheidung ab. Ja, er will weitermachen. Und so geht er neben ihr, dieser zähen kleinen Kraft, den Hauptweg entlang – oh, hätte doch alles ein Ende!

SERIE PIPER

Elisabeth Gille

Erträumte Erinnerungen

Roman. Aus dem Französischen von Roseli und Saskia Bontjes van Beek. 278 Seiten. SP 1911

»Was für ein Roman! Elisabeth Gille ist eine großartige ›geträumte‹ Hommage an ihre Mutter Irène Nemirovsky gelungen.«

Le Nouvel Observateur

Abraham B. Jehoschua

Die Manis

Roman. Aus dem Hebräischen von Ruth Achlama. 469 Seiten. SP 2140

Das faszinierende Porträt der Familie Mani, das von 1848 bis in die Gegenwart reicht, ist zugleich das Porträt eines ganzen Volkes: Abraham B. Jehoschua hat mit seinem Roman ein Meisterwerk von alttestamentarischer Weisheit und großer stilistischer Modernität geschaffen.

Vom gleichen Autor ist lieferbar:

Die fünf Jahreszeiten des Molcho

Roman. Aus dem Hebräischen von Ruth Achlama. 466 Seiten. SP 1556

»Jehoschua hat mit diesem ebenso heiteren wie tragischen Roman die Reihe seiner epischen Werke ›Der Liebhaber‹ und ›Späte Scheidung‹ erfolgreich fortgesetzt und mit der Geschichte vom Pechvogel Molcho eine liebenswert kompliziert, auf jeden Fall populäre Figur geschaffen.«

Die Welt

Der Liebhaber

Roman. Aus dem Hebräischen von Jakob Hessing. 443 Seiten. SP 1769

»Jehoschua, der heute schon als ›hebräischer Klassiker‹ gilt, hat einen Roman von Rang verfaßt, der sich mit großen Werken der Weltliteratur messen kann.«

Stuttgarter Zeitung

Angesichts der Wälder

Erzählungen. Aus dem Hebräischen von Jakob Hessing. 283 Seiten. SP 1664

»Keiner zeigt das Land Israel so modern und so sehr von innen. Bei ihm sehen wir plötzlich: Das ist auch unser Land.«

FAZ Magazin